La Maison

JULIEN GRACQ

est publié aux éditions Corti

Au château d'Argol • 1938
Un beau ténébreux • 1945
Liberté grande • 1947
Le Roi pêcheur • 1948
André Breton, quelques aspects de l'écrivain • 1948
La Littérature à l'estomac • 1950
Le Rivage des Syrtes • 1951
Penthésilée • 1954
Un balcon en forêt • 1958
Préférences • 1961
Lettrines • 1967
La Presqu'île • 1970
Les Eaux étroites • 1976
La Forme d'une ville • 1985
Lettrines 2 • 1974
En lisant en écrivant • 1980
Autour des sept collines • 1988
Carnets du grand chemin • 1992
Entretiens • 2002
Manuscrits de guerre • 2011
Les Terres du couchant • 2013
Nœuds de vie • 2021

Julien Gracq

La MAISON

RIEN DE COMMUN

domaine français

éditions corti

Les éditions Corti remercient Jérôme Villeminoz
de la Bibliothèque nationale de France
pour les photographies des manuscrits de
Julien Gracq transcrits et reproduits ici.

N° d'édition : 2400

isbn 978-2-7143-1301-0

Une douzaine de kilomètres avant d'arriver à A..., la route nationale, qui commence ici à descendre doucement à travers des étendues de plateaux bas largement ondulés vers la vallée de la M., borde pendant une demi-lieue une tache lépreuse au milieu du paysage bocager, une étendue de campagne remarquablement hostile et déserte. En ce temps-là, qui était celui de l'occupation allemande, je me rendais presque chaque semaine de V... à A... par l'autocar fourbu, enfermé, surpeuplé qui les reliait encore, et, debout comme je l'étais presque toujours dans le couloir central où les voyageurs s'imbriquaient comme harengs en caque, il était rare que, passés les pavés cahotants du petit bourg de G..., un secret mouvement de curiosité ne me fit pas baisser la tête pour regarder à travers la vitre embuée, et tâcher de surprendre à un tournant de la route le débouché maintenant bien connu d'un chemin creux, le bouquet de chênes, la borne blanche à partir de laquelle commençait l'échappée de paysage la plus répulsive et la plus régulièrement désolée et morne que j'aie je crois bien vue de ma vie.

Il me serait difficile de dire quelle singularité apparente pouvait river chaque fois aussi intensément mon regard à cette zone étroite, pareille au coup d'ongle d'un doigt mauvais au travers de campagnes banales et cossues. À tout prendre, ce n'était guère que ce qu'on eût appelé en Poitou une *brande* ; une étendue confuse de taillis maigres de chênes et de châtaigniers, montant en pente douce à partir de la route, puis, au-delà d'un pli de terrain très ouvert, se relevant vers l'horizon en une pente plus inclinée jusqu'à une ligne de rochers de grès blanchâtres qui finissait par crever la mince pellicule du sol.

LA MAISON

Oui, une friche – mais c'était bien la friche la plus rebelle à la hache, la plus abandonnée qu'on pût voir. Au plus lointain de mes souvenirs que je remonte, je ne la revois jamais verdoyante. Avec ses fouillis hirsutes, à la fois compacts et mal venus, sans chemins, sans allées, son sol ligneux tapissé de feuilles pourries, les branches tordues et hargneuses des chênes nains qui en barricadaient les profondeurs contre le regard à quelques pas de la route, en toute saison ternie par la grisaille crayeuse éteinte d'une couleur pulvérulente de terre de bruyère et de feuille sèche, c'était vraiment une étendue miséreuse et maladive, une terre *gâte* dont le regard se fût détourné comme d'une sanie, n'eût été, à trois ou quatre cents mètres peut-être de la route, la construction inattendue qui apeurait ces taillis crayeux et nocturnes comme l'affût précautionneux et tendu d'une bête lourde au milieu de ces solitudes.

Inattendue certes, car, dans ce pire coin de campagne sourde et muette, elle figurait assez bien, vue de la route, une de ces villas de prétentieuse et médiocre apparence que le siècle commençant a multipliées sur les plages de second ordre. La maison, trop haute pour sa largeur, était comme écrasée entre deux avant-corps qui faisaient légèrement saillie sur la façade et s'encapuchonnaient, sous un auvent d'ardoises très saillant soutenu par des boiseries grossièrement sculptées, de deux pignons aigus forés chacun, assez haut au-dessus du toit de la façade, du trou noir d'une fenêtre ouverte. Je la revois encore sous le ciel voilé et immobile du jour d'octobre où me vint, je crois bien, l'idée que j'aurais un jour à la visiter de plus près. De la route, elle paraissait prise étroitement dans la masse des taillis, coulée à fond dans les branchages comme une barque trop lourdement chargée. Le haut des fenêtres de l'étage et la ligne des toits émergeaient seuls, et plus nettement les deux avant-corps qui faisaient pointer leurs pignons et leurs fenêtres éveillées – et, sur la surface des taillis, assez lisse et légèrement inclinée, avec laquelle du haut du car il se trouvait de niveau, l'œil immédiatement s'aimantait à elles, comme en glissant sur la pente d'un glacis, le regard de toutes parts remonte vers la masse surbaissée du fort qui le surveille. La maison *battait* de partout cette étendue fauve et roussâtre. Cependant, à cette première impression d'alerte qui lui venait confusément – celle, assez instinctive, d'une bête tapie dans les herbes et levant la tête juste assez pour laisser couler aux alentours un fil de regard – se mêlait aussitôt dans l'esprit une sensation aussi forte de grotesque presque ricanant et de fantaisie mesquine et triste. Tout, dans cette construction de plaisance dérisoire, signifiait l'abandon et le vieillissement rapide : la croissance sauvage du fouillis de branches qui battait de partout les murs, la qualité ladre et pauvre de tout l'appareillage, le délabrement des fenêtres en partie arrachées, les boiseries découpées depuis longtemps veuves de peinture, décapées et blanchies par les pluies, d'une teinte d'ossements secs sous leurs coulures sales. Larvaire, inhabitable, déhanchée, sournoise, endormie là en plein jour comme une chauve-souris accrochée aux branches sèches, au milieu de ces bois de mauvais songe où l'on n'imaginait pas qu'un oiseau pût jamais chanter, et pourtant vaguement vivante du regard aveugle de ses deux fenêtres, c'était le rendez-vous d'un chasseur noir, une maison où se pendre – une retraite pour le pire veuvage. Longtemps encore après qu'on avait cru la perdre de vue, une ondulation de terrain sur la route tanguante la ramenait sur l'horizon des bois, virant lentement au gré de la courbure de la route, – de trois quarts, puis presque de profil, ses deux pignons repliés l'un sur l'autre presque à se joindre, et sur le jour blanc se dessinait alors le filigrane, presque imperceptible d'une girouette descellée – puis un ressaut de terrain ramenait le paysage confortable des campagnes cultivées, et le bruit des voix paysannes qui s'endormait toujours au passage de ces landes désœuvrées semblait alors reprendre un ton plus haut.

Semaine après semaine, – sortant de la brume, ou frottée de la lumière plâtreuse d'un ciel blanc qu'elle semblait vieillir et jaunir – l'apparition revenait s'enchâsser dans le film usé et indifférent du voyage, moins une image qu'un clin brusque de mauvais œil, une nuée soucieuse passée sur l'âme, un appauvrissement vague et chagrin du jour. Une après-midi de novembre, le car me déposa sur la route, une demi-lieue après G. Le temps était frais et pluvieux, le jour bas. J'avais devant moi une journée creuse, et le besoin de me sentir le cœur net de l'envoûtement bizarre de ces bois sans joie.

Je me sentais de médiocre humeur. J'avais pensé – les cars se croisant à G. à une heure à peu près d'intervalle – profiter de ce battement assez bref pour un simple coup d'œil à la bâtisse, mais n'avais pas assez compté avec le matériel surmené de cette époque de hasardeux voyages. Une panne de moteur avait immobilisé le car, exigé un transbordement sur une voiture de secours – bref, j'étais en retard de trois heures, et pas très éloigné dans mon dépit d'attribuer mes ennuis à l'*aura* de ce lieu de malencontre. Le temps avait décidément tourné à la pluie, une pluie fine, serrée, persistante – le soir tombait déjà – devant moi le ruban bleu d'acier de la route, où venaient déferler les fourrés suspects se déroulait à perte de vue entièrement vide sous l'averse silencieuse. Par ce temps à ne pas mettre un chien dehors, la flânerie de simple curieux que je m'étais promise prenait un peu quoi que j'en eusse les allures d'une enquête de police, et je commençai à songer, maudissant mon retard, qu'une rencontre dans ce chien et loup aux abords de la bâtisse avait de quoi me mettre décidément peu à l'aise.

Il n'était d'ailleurs plus question de revenir en arrière. À l'air libre, sous le ciel remué, dans l'odeur des feuilles et le vent humide, le silence frôlant et brusquement refermé de la campagne, l'imprégnation soudaine qui était la vertu particulière du lieu devenait sensiblement plus oppressante. Le soir tombait plus vite qu'ailleurs sur l'égouttement de ces fourrés sans oiseaux. Leurs bruits légers et distincts : craquements de branches, sifflement faible du vent dans un pin isolé, éteignaient les bruits insignifiants de la campagne – au long d'eux, dans la brume pluvieuse, on marchait comme dans une *ombre portée*: la route tout entière feutrée et épiante, n'était plus qu'une oreille collée contre la lisière des bois. Cependant cette lisière s'allongeait sans brèche et sans fissure, et je me sentais désorienté: les taillis qui me surplombaient légèrement masquaient maintenant la pointe des toits qui s'apercevait si bien de la voiture. Après quelques allées et venues assez incertaines au long de la route, l'envie me vint une minute, devant cet obstacle absurde, de renoncer à mon équipée – mais la curiosité fut la plus forte. Tentant ma chance auprès de la borne qui marquait à peu près le centre de la lisière, je sautai le fossé plein d'eau et je m'enfonçai dans les taillis. J'avais à peine fait quelques pas que, dans l'intérieur du bois, à trois ou quatre cents mètres, j'entendis claquer deux coups de feu.

Je m'immobilisai quelques secondes, assez perplexe. La promenade décidément devenait de moment en moment moins engageante. Les coups que j'avais entendus provenaient certainement d'un fusil de chasse, et il n'y avait après tout rien de très étrange à ce que quelqu'un battît ces bois que tout indiquait giboyeux. Mais la chasse dans ce temps d'occupation était interdite – les armes confisquées – et je songeais que si un parti d'officiers allemands était venu là de A... les voitures qui l'avaient amené eussent certainement stationné le long de la route. Surtout ces détonations parties du couvert me faisaient broncher malgré moi – pour la désagréable expérience que j'avais eue. Le souvenir me revenait – un désagréable souvenir du temps alors tout proche de la guerre – d'une première *prise de contact.* Mes nerfs se rappelaient fort bien comment, tombés à l'improviste au milieu d'un carrousel de coups de feu qui partaient de derrière les buissons sans qu'on sût à qui ils s'adressaient, n'osant ni perdre la face en nous couchant, ni marcher de façon trop voyante, nous avions cheminé un moment avec les plongeons brusques et les petits redressements gaillards, d'un baigneur qui fait trempette – vraiment aussi mal à l'aise qu'on peut l'être, – bref, j'avais soudain la sensation absurde et en même temps extrêmement précise que le bois était d'une manière ou d'une autre *occupé*. Rien ne bougeait cependant tout autour de moi dans ces taillis gorgés d'eau. Le sol bosselé de souches, tapissé de mousses pourries, rendait la marche malaisée – de sentiers, aucune trace – je trébuchais çà et là dans des flaques spongieuses. Il était singulier qu'une végétation naine et si déjetée donnât pourtant une impression aussi intense de vétusté et de sauvagerie : impossible d'imaginer maquis plus ronceux, fourrés plus perdus pour une bauge ; on eût dit une *réserve* sauvegardée pour la gloire du hallier hâtif et les aises des bêtes nocturnes. À cheminer ainsi non sans mal, j'avais le sentiment d'être déjà très loin de la route. Je ne risquais guère de me perdre, car la profondeur du bois vu de la voiture paraissait médiocre, et je parvenais à m'orienter en jetant un coup d'œil de temps à autre sur le ciel gris où le vent d'ouest poussait des nuages rapides, mais retrouver la maison dans ce labyrinthe de ronciers devenait plus chanceux de minute en minute. Dès que je m'arrêtais pour faire taire un moment le bruit volumineux de branches cassées que je traînais après moi et prêter l'oreille, je n'entendais plus que le sifflement crissant et maussade des rafales peignées par les branches courtes qui s'enlevait par moments, lorsque le vent fraîchissait, sur une sorte de déferlement lointain de marée haute venu des bouquets de pins qui se courbaient çà et là sur les broussailles sèches. Était-ce la tristesse contagieuse de ces bois mal famés – l'effet de la malignité particulière que ma mauvaise humeur lisait dans mes contretemps de l'après-midi – était-ce le bain glacé qu'était devenue très vite la marche à travers les sous-bois gorgés d'eau – j'en étais arrivé peu à peu à un degré presque risible d'énervement et de consternation. Un ruisseau gonflé par l'averse qui me barrait le passage me découragea brusquement tout à fait : je m'assis sur une souche, tentai sans succès dans le vent mouillé d'allumer une cigarette, et me croisai les bras, revenu de tout, rencoigné sous l'averse, une statue glaiseuse et enfondue de l'écœurement.

LA MAISON

D'où vient qu'à certaines minutes privilégiées de notre vie, minutes de vacuité apparente et de tension très basse où nous nous abandonnons au courant et marchons vraiment où nos pieds nous mènent, la paroi volontaire qui nous mure contre l'infini pouvoir de suggestion embusqué dans les choses soudain flotte et se dissout, – rendant à une sorte de pesanteur native et aveugle ce qu'il faudrait bien appeler notre matière mentale pour en faire la proie d'attractions sans réplique, et déchaînant en nous un sentiment confus à la fois de sommeil du vouloir et de presque scandaleuse *liberté* ? L'*état de grâce* en ce qu'il a de plus immédiatement sensible (il en est d'à peine rassurantes) est peut-être au prix du consentement de l'âme à se reconnaître *aussi* de bonne foi une aptitude matérielle à s'aimanter, à graviter – une dépendance vis-à-vis de forces qui plutôt que de la diviser contre elle-même en un théâtre élaboré d'images assez vaines la sollicitent et l'infléchissent *en masse*, la soumettent à des occultations brusques, à des éclipses totales mal calculables, et dans un ciel écartelé entre des attractions aveugles, la font

« changer » sans plus de *motifs valables* immédiats que n'en a une terre morte de passer brusquement de l'ombre au soleil. Sur le fond de mon humeur très sombre, bien plutôt et même avant qu'elle ensoleillât la lande, il se fit tout à coup dans le plein sens du mot une embellie. La contrariété littérale qui avait été, je le sentais maintenant avec force, ma disposition de tout l'après-midi, disparaissait. Un poids de tristesse m'était enlevé. La pluie cessait – inexplicablement réchauffant, un rayon de soleil décoloré coulait à travers les branches : autour de moi, la rumeur fourmillante des bois sous l'averse se figeait goutte après goutte dans le suspens doucement épanoui d'une foule de théâtre, et tout à coup, faisant vibrer la lumière décapée par l'averse, un oiseau chanta sur deux notes transparentes et calmes, de la voix même de l'éclaircie. Tout était léger, ouvert, cristallin, facile – un autre monde – comme si le rideau de pluie brusquement levé m'eût été ce *fondu enchaîné* des films qui soude en une seconde les rues aux forêts et les minutes aux années. Quelques pas plus loin, la maison soudain fut là.

Je la touchai presque de la main avant de la voir, gaînée qu'elle était presque jusqu'au rebord du toit d'un treillissage de branches sèches, ses volets déboîtés enchevêtrés déjà dans les ronces, son balcon de fer tordu sombré dans le feuillage comme la passerelle d'un bateau coulé. Cependant, au premier coup d'œil très oblique que je pouvais des derniers fourrés jeter sur la façade, l'impression de décrépitude avancée que j'avais eue en la regardant de la route s'atténuait sensiblement. Le bois, on eût dit, s'était refermé sur elle aussi brusquement que se referme une banquise. Ce que j'avais devant moi n'était nullement une ruine. Les murs de moellons sombres, assez soigneusement construits, paraissaient intacts; les fenêtres aux volets à demi-descellés gardaient toutes leurs vitres – seules les boiseries, partout complètement délavées par les pluies, témoignaient d'une incurie que tout le reste du bâtiment indiquait récente. Le sentiment d'accablement qui de près persistait pourtant et même s'approfondissait dans la lumière rajeunie venait d'ailleurs: de l'impression à demi-démêlée d'un vieillissement anormalement rapide, d'une flétrissure et d'une disgrâce très exceptionnellement en avance sur l'âge : cette façade éteinte plutôt que morte faisait songer vaguement aux volets rabattus aveuglant soudain dans un après-midi de soleil une maison endeuillée et qui font baisser le jour à ces femmes séchées vives par une catastrophe dont les cheveux blanchissent en une nuit. Le soleil cruel qui eût apprivoisé une ruine ne déridait pas cette face murée – intacte et pourtant macabrement vieillie – *retirée du circuit* – pareille à un visage qui se fût recouvert de poussière comme un meuble. Et en effet la vivace intuition analogique qui lie toujours dans notre exigence profonde la façade d'une maison à un visage se dévoilait ici brusquement et se déchirait en angoisse : courbant encore après des années puissamment l'âme sous le flétrissement de ces stigmates mornes, ici *pour toujours* une porte s'était refermée, une lumière avait été soufflée, une pensée vivante était soudainement entrée en hivernage.

À l'extrême rigueur habitable, la maison paraissait d'évidence abandonnée. Pourtant j'écoutais, l'esprit tout entier en proie à un suspens involontaire, les dernières gouttes de l'averse s'égrener des branches dans un silence qui ne parvenait pas à rejoindre celui de l'absolue solitude. Un volet battait de temps à autre contre le mur dans le vent faible, avec un claquement léger – dans l'accalmie de l'averse parfois un gargouillis d'eau claire s'éveillait et tintait dans les dalles – évoquant malgré moi l'idée d'un ordre de marche alerté et d'une présence légère, d'une porte que soudain quelqu'un va pousser. En cherchant à serrer de plus près cette impression diffuse et singulière d'éveil qui me venait, je m'aperçus que derrière l'une des fenêtres de la façade semblait s'allumer de temps à autre un reflet faible et dansant, comme si sur l'autre face de la pièce le rideau d'une fenêtre eût battu par instants dans le vent. Je me coulai sans bruit à travers les branches vers l'arrière de la maison. Le terrain ici montait en une pente assez rapide, dans laquelle on avait ménagé en contrebas derrière la maison une cour minuscule et herbue, de sorte que, quand j'eus gagné au prix de quelques détours un nouveau poste d'observation abrité, je me trouvai, quoique presque à toucher la maison, sensiblement à la hauteur des fenêtres de l'étage. Ce que je découvrais de là avait cette fois de quoi paraître passablement singulier.

Vu de l'arrière, le négligé consternant de l'édifice s'avérait à peine moindre. Une porte fenêtre qui s'ouvrait au bas d'un des avant-corps battait sur les hautes herbes de la cour jonchées d'ardoises cassées ; une dalle crevée balafrait le mur de haut en bas d'un éventail de coulures sales. Seulement les fenêtres de l'étage étaient ici entr'ouvertes et la laideur de toute la bâtisse s'envolait brusquement, car au-devant de la fenêtre et du balcon étroit de l'avant-corps de droite – estival, solaire, dessaisonné, flambant neuf, dérisoire dans la brume mouillée de novembre, descendait obliquement un de ces stores à mille raies d'arc-en-ciel qui pavoisent comme un quatorze juillet le front de mer des plages à la mode. L'œil se laissait glisser de ce balcon de Roméo sur la jungle humide qu'était la cour, et découvrait là les restes du plus intriguant des *déjeuners sur l'herbe* qu'on pût voir. Au milieu de quelques squelettes de poiriers tordus qui bordaient la cour du côté du bois, les hautes herbes mouillées étaient foulées et couchées en tous sens sur un espace assez grand, comme si deux corps se fussent étendus là et roulés à même le sol. Tout près de là, il y avait une table de jardin toute servie avec sa nappe, son couvert dressé pour deux personnes en *vis-à-vis*, les deux serviettes négligemment froissées et jetées sur le bord de la table, une corbeille d'osier avec son pain entamé, et, de part et d'autre de la table, disparaissant à demi dans les herbes, deux chaises de ce faux Henri II qui fait encore dans l'Ouest la gloire des salons de campagne, cirées, astiquées, contournées, luisantes sous l'averse de toutes leurs galeries sculptées et de leur siège et de leur dossier de cuir verni. Le reflet vert de la table de fer peinte glaçait le linge trempé qui collait à elle – la vaisselle ruisselante s'égouttait sur l'herbe par les coins de la nappe.

La suggestion d'une présence immédiate et toute proche était cette fois si nette que j'éprouvai un mouvement de retrait instinctif devant la vive indiscrétion. Mais je me reculai à peine tant ma curiosité était soudain devenue la plus forte. Quelque image comique que pût suggérer d'abord cette déroute apparente de dîneurs surpris par la pluie, je ne me sentais même pas l'envie de sourire. Plutôt que d'une partie de campagne contrariée, l'idée me traversait malgré moi d'une urgence et d'une nécessité malaisément compréhensibles, et observées ici tout à fait *du dehors*, comme quand un explorateur surprend dans une clairière isolée les rites d'un sacrifice indigène – ou encore d'un trouble local de caractère assez grave apporté dans la signification du déroulement des saisons. Le couple qui s'était attablé dans cette fin de novembre s'était apparemment peu soucié de la pluie et du beau temps. Au milieu des squelettes noirs des poiriers tordus et des hautes herbes lugubres de terrain vague, dans l'affrontement insolite et ruisselant de ces deux cathèdres surchargées, dans le caractère presque emblématique des aliments qui paraissaient avoir seuls figuré sur la table – le pain, l'eau et le vin – évoquant l'idée d'un repas plus purement que les autres *partagé* comme pour une liturgie intime ou une commémoration grave, il y avait une suggestion d'étrangeté, où le quotidien n'entrait plus en compte, où le plausible même était frappé de pauvreté.

Je demeurai, il me semble, plusieurs minutes parfaitement immobiles. L'éclaircie avait passé ; une pluie fine et silencieuse noyait la fin de journée déjà sombre – la tache blanche et élargie de la nappe fantomatique au milieu de sa clairière de brume aiguisait le froid grelottant. Une extraordinaire suggestion d'abandon et de tristesse, au-delà des mots, au-delà de tout réconfort, me serrait le cœur devant cette cène vide, cette table servie pour la nuit d'hiver au milieu des mousses pourries et des bois noirs – un pressentiment confus et obsédant de voyage sans retour, d'adieu transi et lugubre, de *fraction du pain* dernière et condamnée. Des branches recommençaient à me glisser dans le cou, une à une, des gouttes glacées, et je frissonnai brusquement : la buée grisâtre et morne des soirs d'hiver suintait du sol gorgé, envahissait la cour : le rideau était retombé, la scène vide, toutes choses en ces lieux indiciblement avaient pris fin : il n'y avait plus rien à chercher ici. J'avais à peine fait deux pas hors de ma cachette que je m'immobilisai, le pied suspendu. Une voix s'élevait de la maison en ruine : la voix d'une femme qui chantait.

Il y a plus d'une manière pour la voix humaine de nous prendre – de nous tenir en suspens, les tempes froides, le souffle coupé, pour quelques instants l'oreille miraculeusement *contre la porte*, sur le seuil d'un monde où tout se passe d'une autre sorte, où le temps revient, où le seul toucher *rappelle*, où le cours même des choses se livre à volonté dans une pure déhiscence de fleur et dont elle nous apporterait le pressentiment dans la pure vibration. Celle-ci m'est restée inconfortable entre toutes en ce qu'elle était la voix la plus nue que j'aie jamais entendue. Plutôt aiguë que grave, il me semble, – mais, je crois alors en juger par le souvenir très banalement et très indignement, car le sentiment comblant de son immédiat pouvoir ne consentait pas à l'enfermer dans un registre délimité. La langue certainement m'était inconnue : c'est par une préférence tout arbitraire que lorsque le timbre m'en revient à l'oreille, je songe toujours à la langue gaélique dont le nom et le domaine géographique m'enchantent et m'engagent à ne pas tenir compte de ses sonorités probablement rudes et rauques, tant la voix ressuscitait pour moi les rivages de l'Irlande et faisait *malgré tout* de la fenêtre pluvieuse une fenêtre de Keats.

... opening on foam
Of perilous seas, in faery lands forlorn.

Elle chantait très au-delà de la gaieté et de la tristesse, à la fois très ancienne et merveilleusement *revenue*, – incroyablement tôt levée, dispensant sur toutes choses une lumière d'avant le matin, une lumière égale et juste qui semblait les fortifier et les nourrir, et comme un reflet de limpidité et un sceau de calme évidence. Mais la voix parlait d'autre chose encore. En disant que c'était une voix nue, pour rendre compte de la tension aiguë dans laquelle elle me cloua sur place, il me semble que je devais mettre l'accent sur tout ce que le mot évoque très concrètement d'émoi soudain et de première alerte sensuelle : la voix était *aussi* – il était même singulier qu'on en doutât aussi peu sur d'aussi légers indices – celle d'une femme dévêtue, très exactement, d'une femme désœuvrée, l'esprit encore à peine en rumeur, qui vaque sans hâte à sa toilette. C'était ce que je croyais discerner au volume soudainement changé de la voix qui venait de la fenêtre ouverte, comme si de temps à autre la chanteuse eût tourné le dos d'un mouvement brusque – au bruit sourd de pieds nus foulant le parquet que je croyais parfois surprendre – à des silences figés dans une tension brusque comme ceux d'une femme qui se coiffe à son miroir ou qui se maquille avec des gestes d'envoûteuse. À la distance très courte où je me trouvais de la maison, plongeant presque mon regard dans la pièce aveuglée, on eût dit que cette voix plus intime que toute voix que j'eusse entendue explorait pour moi et suivait complaisamment comme une main les combinaisons infinies et captivantes de rythmes et de lignes d'une femme qui marche, s'appuie, se penche, se cambre et gesticule nue, devenait le commentaire lyrique – plus richement sensuel d'être ainsi subtilement transposé – d'un corps déployé solennellement d'une pièce à l'autre comme une draperie, plus dénudé de l'intimité maniaque de chacun de ses gestes, doucement ouvert et appelant du fond de sa solitude brûlée.

Je demeurai là de longues minutes, envoûté, suspendu, ne respirant plus que selon le souffle de cette voix ensorcelée. Quand j'essaie de me rappeler l'état sans analogue aucun que je connusse où je me trouvais tout entier plongé, il me semble que je ne pourrais mieux en rendre compte qu'en disant qu'il était l'*éveil* même dans ce qu'il a de plus désorienté et de plus avide, de plus absorbant à la fois et de plus miraculeusement matinal.

Mais cet éveil ne venait pas, à la manière de l'émotion passive que donne une voix de théâtre, colorer et réchauffer un des paysages intérieurs comme une lumière qui leur prêterait pour un instant un jeu de soleil et d'ombres, sans changer quoi que ce soit à leurs perspectives à jamais fixées : la personnalité du timbre, qui semblait vibrer *pour moi* aussi singulièrement, aussi agressivement qu'un visage qui vous reconnaît et qui s'anime, venait faire souvenir d'instinct qu'avant même d'exprimer, la voix est faite pour appeler –, et cette voix m'appelait par mon nom et s'orientait à mon jour, découvrait en moi comme une eau monte un réseau de chemins secrets, cherchait et trouvait dans le cœur un défaut aussi complice que celui de l'épaule qui se creuse pour recevoir une tête connue. Le pouvoir de la voix sur moi tenait pour beaucoup aussi au fait qu'il me dénonçait subtilement à mesure les allées et venues de la promeneuse ambiguë à travers les pièces vides, me liait à elle comme par un immatériel *fil d'Ariane*, qui se tendait puis se relâchait à plaisir, au point que très vite l'idée s'imposa à moi dans la tension aiguë de tous mes sens d'un jeu délibéré et complice de la chanteuse où une place m'était faite, qui était peut-être toute la place, comme si elle eût deviné ma présence ou plutôt l'eût pressentie vaguement en même temps qu'elle l'appelait à travers les arabesques fascinantes de la mélopée s'offrant, puis se dérobant dans le manège de la plus suave et en même temps de la plus enivrante coquetterie. Tantôt, traversé d'une lueur de bon sens de la plus dégrisante espèce, je me persuadais qu'il ne pouvait y avoir là – plus hors d'atteinte que jamais, à tout jamais – qu'une femme désœuvrée, chantant pour se désennuyer dans ce bois pluvieux et perdu, et tout à coup, comme le reflet qui revient et glisse sur une bague tombée dans la fontaine, passait dans la voix comme un orient la *promesse* la plus folle, la plus improbable, la plus irrécusable aussi, qu'une femme puisse faire passer par-delà toute parole dans une seule de ces *inflexions de voix* qui retardent le cœur de battre, laissent le monde après elles dans une lumière changée – *décident* plus souverainement, nous semble-t-il, à certaines minutes, qu'il a dû jamais être décidé pour nous.

La faculté exacerbée de chiffrement et de déchiffrement instantané, vertigineux des *signes*, qui fait l'essence même et le caractère absorbant par-dessus tout du manège érotique, jamais peut-être je ne l'ai senti jouer pour moi avec cette sensation de la gorge serrée et de la bouche sèche, et en même temps ce sentiment d'aisance jamais en défaut et de rapidité presque folle qui me tenait cloué devant cette fenêtre vide où une silhouette dont il me semblait tout connaître refusait *comme à plaisir* de s'encadrer.

Et cependant, je le sentais, je le savais de science plus sûre qu'aucune chose que j'aie su de ma vie, elle allait venir, elle allait *être là* – un seuil me fermait le chemin où son pas allait s'imprimer et au-delà duquel l'imagination me refusait tout service. Il me sembla que la voix baissait et vacillait insensiblement en perdant de son volume, comme si un moment encore elle eût couru sur son erre de façon presque machinale, et je compris que la chanteuse marchait vers la fenêtre. Le silence se fit complètement, un silence qui tendait l'oreille et presque la peau, tendu à croire qu'il allait se déchirer comme une toile. Tout à coup, beaucoup plus proche déjà que je ne l'imaginais, si proche de moi que j'en ressentis un choc, tout contre le balcon et, de nouveau immobile, je l'aperçus, ou plutôt j'aperçus quelque chose d'elle. Sous la ferronnerie du balcon, suggérant l'idée que tout le corps, masqué par la retombée du store de toile, très bas, était collé contre la balustrade dans la posture même de l'extrême attention, dépassait la pointe de deux pieds nus. Il y eut encore un moment de parfait silence, puis, lentement, précautionneusement, aussi clandestine que le coin d'une lettre secrète qui glisse sous une porte, quelque *chose* dépassa du balcon sous le bord surplombant du store : plus nue encore et plus secrète que les pieds nus, la masse ondée, prodiguée, fabuleuse, déployée comme une draperie, d'une longue chevelure blonde, la chevelure défaite d'une femme.

LE MANUSCRIT

Les pages suivantes reproduisent le plan
puis les deux états successifs du manuscrit.

La maison des taillis

Passage de l'autocar devant la maison. L'impression sur les passagers. Vue d'ensemble – la route, lente du terrain. Les taillis chênes et châtaigniers. Le printemps. Les boiseries couleur de feuille sèche, décolorées de leur peinture. L'œil très noir des fenêtres.

L'approche. Le retour de l'autocar, forcé, on arrive à l'heure même où on ne voulait pas. Le sentiment de grandeur.

L'arrivée de la maison, sentiment d'intensité très forte – ~~[illegible]~~, ~~[illegible]~~. Après arrêt total du vent. Un repos [illegible] ;

Le chant par la fenêtre.

Coups de feu dans les taillis.

La chevelure blonde qui descend et flotte derrière l'avant de la personne, comme un rideau de fenêtre.

Le caractère extrêmement féminin du lieu.

L'homme déguisé en femme, qui fuit à travers les taillis. Le regarde par derrière : sensation d'extrême danger.

La chanson s'arrête au moment où la chevelure plonge sous la personne, (évoquant l'idée d'une tête extrêmement penchée et d'une extrême attention) puis la chanson reprend avec des modulations tout autres (pour avertir le danger imminent) mais l'observateur n'en prend pas conscience d'abord.

tempête d'automne / chasse

pain – vin : par le temps froid et la tempête.

2 chaises à haut dossier.

serviette blanche : vin ou sang.

Les coups de feu rôdent.

bruits de pieds nus sur le plancher, écho [illegible] présence de la ~~[illegible]~~ femme.

fenêtres ouvertes au vent d'hiver.

quelle chanson chantaient les sirènes ou quel nom portait Achille quand il se cachait parmi les femmes.

Les coups de feu en période d'occupation allemande évoquent l'idée d'un franc-tireur

PREMIER ÉTAT DU MANUSCRIT

~~Quelques lieues~~ 1

~~À~~ Une douzaine de kilomètres avant d'arriver à A. la route nationale, qui converge ~~avec~~ à ~~d'autres descendant doucement~~ des [illegible] descendant à travers ~~[illegible]~~ des plateaux bas ~~[illegible]~~ ondulés vers la vallée de la L. ~~longe~~ ~~longe pendant~~ borde pendant deux ou ~~trois kilomètres~~ [illegible] ~~[illegible] lépreuse, une [illegible] au milieu~~ une tache lépreuse au milieu du paysage bocager ~~[illegible]~~ ~~et~~ une étendue de campagne ~~[illegible]~~ hostile et désertée: ~~Ce n'est que taillis~~ = ~~[illegible]~~ [illegible] En ce temps là, qui était celui de l'occupation allemande en France, ~~[illegible] trois presque chaque~~ ~~[illegible]~~ ~~[illegible]~~ ~~[illegible]~~ je me rendais presque chaque semaine de V à A. par l'autocar [illegible], ~~et~~ surpeuplé qui ~~[illegible]~~ les reliait encore, et ~~il était [illegible] que debout dans le couloir central~~ debout comme je l'étais presque toujours dans le couloir central où les voyageurs ~~[illegible]~~ s'installaient comme [illegible] il était rare ~~que à l'approche de~~ [illegible] un [illegible] mouvement de curiosité ne me fît pas baisser la tête pour regarder à travers la vitre embuée ~~et~~ tâcher de surprendre à [illegible] de la route le [illegible] ~~[illegible]~~ [illegible] d'un chemin creux, ~~le~~ bouquet de chênes ~~la~~ [illegible] borne blanche à partir de laquelle s'amorçait ~~[illegible]~~ l'échappée du paysage le plus régulièrement [illegible] et [illegible] que j'[illegible] ~~[illegible]~~ je [illegible] bien vue de ma vie;

~~Je ne me souviens pas qu'aucune [illegible]~~ ~~frappant~~ ~~étrangeté affrontée ait [illegible] [illegible] [illegible] [illegible] au regard.~~ Il me serait difficile de [illegible] quelle ~~étrangeté~~ affrontée ~~[illegible]~~ ~~[illegible] [illegible] [illegible]~~ ~~[illegible]~~ ~~[illegible]~~ regard ~~[illegible]~~ [illegible] [illegible] chaque fois [illegible] ~~[illegible]~~ mon regard cette ~~[illegible]~~ ~~[illegible]~~ ~~[illegible]~~ ~~[illegible]~~ ~~[illegible]~~ zone [illegible] [illegible] un coup d'ongle d'un doigt [illegible] [illegible] nos ~~[illegible]~~ campagnes. [illegible] et cossues. À tout prendre ce n'était qu'une ~~[illegible]~~ friche ~~[illegible]~~ ~~[illegible]~~, une étendue confuse de taillis maigres de chênes et de châtaigniers, montant en pente douce ~~[illegible]~~ ~~[illegible]~~ à partir de la route puis [illegible] un [illegible] d'un [illegible] qui très [illegible] se relevait vers l'horizon en une pente plus [illegible] jusqu'à ~~[illegible]~~ une ligne de rochers de grès [illegible] qui [illegible] par crever la [illegible] pelliculaire du sol. Mais ~~[illegible]~~ c'était bien ~~[illegible]~~, la ~~[illegible]~~ [illegible] la plus [illegible] à la [illegible], la plus abandonnée qu'on pût voir. ~~D~~ Au plus loin de mes souvenirs que je remonte, ~~[illegible]~~ je ne la revois jamais verdoyante. ~~[illegible] [illegible] [illegible]~~ ~~[illegible]~~

~~Et~~ Avec ses taillis ~~maigres~~ [illegible], à la fois compacts et mal venus, sans [illegible], sans ~~[illegible]~~ ~~[illegible]~~ allées, ~~[illegible]~~ ~~[illegible]~~ par ~~[illegible]~~ ~~[illegible]~~ tapissés de feuilles jaunies, les branches tordues ~~de [illegible] [illegible] et les~~ [illegible] des ~~[illegible]~~ chênes nains qui ~~les~~ barricadaient contre le regard à quelques pas de la route, [illegible] couleur de ~~[illegible] [illegible] [illegible] de [illegible] feuille sèche~~ et de feuille sèche, c'était vraiment une ~~[illegible]~~ ~~[illegible]~~ solitude, ~~[illegible]~~, une terre gâtée, dont le ~~[illegible]~~ et maladive, regard se fût détourné ~~[illegible]~~ de la terre comme d'une ~~[illegible]~~ ~~[illegible]~~. [illegible] n'eût été à trois ou quatre cents mètres peut-être de la route, la ~~maison~~ [illegible] qui ~~[illegible] [illegible] [illegible] ces solitudes~~ ~~[illegible]~~ ~~[illegible] [illegible] [illegible] [illegible] ces solitudes~~ ~~[illegible] [illegible] [illegible] ces solitudes~~, faisait et se [illegible] apparaît à ~~l'affût des feuilles~~ ces taillis [illegible], comme ~~[illegible]~~ ~~[illegible]~~ ~~à l'affût [illegible] ces solitudes~~ à l'affût ~~[illegible]~~ d'une bête lourde ~~[illegible]~~ ces solitudes ~~[illegible]~~ et tendue au milieu de ces [illegible] dans ce [illegible] de campagne [illegible] et [illegible], ~~[illegible]~~ Vue de la route, elle ~~[illegible]~~ figurait assez ~~[illegible]~~ ~~[illegible]~~ ~~bien~~ une de ces villas ~~[illegible]~~ de médiocre [illegible] que ~~[illegible]~~ le siècle commençant a multipliées [illegible] sur les plages de second ordre. La maison, ~~[illegible] [illegible] étage~~, trop haute pour sa largeur, était comme écrasée entre deux avant-corps qui par

liège en passant / du paysage bizarre

des étendues

une demi-heure

qui, passé les [illegible] [illegible] du petit bourg de G.

couleur de feuille sèche.

singularité

intensément

[illegible] / terre gâtée

taillis [illegible] / ~~[illegible]~~ / ~~et [illegible]~~

je [illegible] jamais [illegible]

[illegible]

terre gâtée

cette [illegible] du regard / et à la [illegible]

~~[illegible]~~ ~~[illegible]~~ ~~[illegible]~~ dans les grès [illegible] / ~~[illegible]~~ / d'une couleur / [illegible]

[illegible] dans les taillis / [illegible] / dans les [illegible] / [illegible]

[illegible] / [illegible]

savait longuement saillie sur la façade et à un cap chevronnant [illegible] [illegible] sous un auvent d'ardoises très saillant soutenu par des [illegible] grossièrement sculptées de deux figures [illegible] [illegible] de chacun desquels [illegible] [illegible] [illegible] [illegible] d'une fenêtre arrondie. assez haut au dessus du toit de la façade [illegible]

Je la revois [illegible] [illegible] [illegible] ciel voilé et immobile d'un jour d'octobre où un vent [illegible] bien l'idée, [illegible] qu'il [illegible] [illegible] [illegible] de plus près. De la route, elle paraissait plongée dans la masse des taillis [illegible] [illegible] [illegible] [illegible] enfouie cachée à fond dans les branchages [illegible] [illegible] [illegible] [illegible] devant chargés. Le haut des fenêtres du premier étage et la ligne des toits émergeant seuls, et plus [illegible] seulement les deux avant-corps que faisaient saillir leurs figures [illegible], et sur la surface des taillis, avec laquelle, du haut [illegible] [illegible] [illegible] [illegible] [illegible] de nouveau l'œil [illegible] immédiatement à [illegible] à elles, comme [illegible] [illegible] [illegible] [illegible] d'une fenêtre à la maison surbaissée du fait. Tout dans cette construction d'un [illegible], signifiant l'abandon et [illegible] [illegible] la croissance sauvage des [illegible] que [illegible] [illegible] depuis longtemps [illegible] [illegible] [illegible] [illegible] des [illegible] [illegible] [illegible] les boiseries de [illegible] depuis longtemps veuves de peintures [illegible] décapées et blanchies par les [illegible] [illegible] d'un [illegible] d'ossements secs sans leurs couleurs sales, [illegible] [illegible]

[illegible] [illegible], le bois de mauvais augure, [illegible] [illegible] inhabitable, accrochée aux branches de ces [illegible] [illegible] de ces bois de mauvais [illegible] [illegible] [illegible] [illegible] qu'un oiseau fût jamais chanter, c'était [illegible] [illegible] [illegible] [illegible] [illegible] [illegible] [illegible] [illegible]

longtemps encore après qu'on avait une la [illegible] de vue, ne [illegible] du terrain sur la route [illegible] le ramenait sur l'horizon les bois, [illegible] lentement [illegible] [illegible] de la route – de trois quarts, puis presque de profil, [illegible] deux figures [illegible] l'un sur l'autre [illegible] [illegible] se [illegible], et [illegible] sur le fond blanc [illegible] [illegible] alors le filigrane [illegible] [illegible] d'une [illegible] [illegible] un [illegible] du terrain [illegible] [illegible] le paysage [illegible] [illegible] figures [illegible] et [illegible] le haut des [illegible] [illegible] [illegible] [illegible] de cette [illegible] [illegible] [illegible] [illegible] plus haut.

Semaine après semaine, – sortant de la brume, – d'une brume [illegible] [illegible] [illegible] [illegible] [illegible] [illegible] [illegible] et jamais l'apparition [illegible] [illegible] dans la [illegible] [illegible] [illegible] [illegible] du voyage, – [illegible] une image [illegible] [illegible] [illegible] [illegible] – vague et [illegible] du jour, [illegible] [illegible] – un souffle d'[illegible] [illegible] et froide, [illegible] [illegible], entre la [illegible] [illegible] après midi de [illegible], le [illegible] [illegible] [illegible] [illegible] à quatre [illegible] [illegible] j'avais une journée [illegible], et le besoin de ne sortir [illegible] [illegible] [illegible] [illegible] l'[illegible] bizarre de ces bois sans joie

[illegible] [illegible] [illegible] du mauvais œil

[illegible] [illegible] d'[illegible] posée sur l'arrière, – [illegible] [illegible] [illegible] le temps était froid et [illegible] – le jour bas

vu jamais

et leurs fenêtres [illegible] [illegible] plus [illegible]

[illegible] [illegible] [illegible] [illegible] [illegible] [illegible] [illegible]

cependant et cette première impression d'alerte qui lui [illegible] [illegible] [illegible] [illegible] d'une [illegible] [illegible] dans les [illegible] et [illegible] et levant la tête [illegible] [illegible] [illegible] [illegible] [illegible] [illegible] [illegible] [illegible] [illegible] [illegible] [illegible] [illegible]

[illegible] [illegible] [illegible] et de fantaisie [illegible] [illegible] et triste

[illegible] [illegible] [illegible]

un gîte

[illegible]

[illegible] une retraite pour le [illegible]

un bois sans joie [illegible] [illegible] [illegible] [illegible] [illegible] [illegible]

Avec cette façon [illegible] [illegible] [illegible] [illegible] [illegible] pensé ~~[illegible]~~ Je me sentais de médiocre humeur. J'avais ~~frappé~~ — les cars se croisant à G. à une heure à peu près d'intervalle — je profitai de ce battement assez bref pour un simple coup d'œil à la bâtisse — mais ~~j'avais~~ ~~le~~ ~~[illegible]~~ je n'avais pas assez compté avec le ~~[illegible]~~ ~~état du~~ matériel [illegible] ~~dans cette période~~ de cette ~~période~~ de voyages ~~précaires~~ hasardeux. ~~Des ennuis de~~ Une panne de moteur avait ~~[illegible]~~ ~~de trois heures~~ ~~avait~~ et ~~[illegible]~~ [illegible] un transbordement ; je ~~étais~~ sur une ~~la~~ voiture de secours. — Bref j'étais en retard de trois heures, et ~~[illegible]~~ pas très allègre dans mon dépit d'attribuer ce ~~[illegible]~~ ~~mes~~ comptes à ~~[illegible]~~ ~~[illegible]~~ ~~[illegible]~~ ~~de cette~~ le lieu [illegible], de malencontre. Le temps avait décidément tourné à la pluie, une pluie fine, menue, persistante — le soir tombant déjà — devant moi le ruban bleu d'acier de la route se déroulait, entièrement vide sans ~~[illegible]~~ [illegible], à perte de vue, silencieuse. [illegible] défendu. Dans ce temps à ne pas mettre un chien dehors, la flânerie de ~~[illegible]~~ simple curieux, que je m'étais promise ~~[illegible]~~ prenait un peu que peu [illegible] des allures d'une enquête de police — et je commençais à songer ~~[illegible]~~ ~~assez~~ qui me rencontre aux abords de la bâtisse ~~[illegible]~~ ~~[illegible]~~ ~~[illegible]~~ de quoi me mettre ~~[illegible]~~ à l'abri [illegible] évidemment [illegible] ~~[illegible]~~ ~~[illegible]~~ que je longeais les premiers arbres, je me laissais [illegible] d'une impression ~~[illegible]~~. A l'air libre, dans ~~[illegible]~~ dans l'odeur des feuilles, et le bruit ~~[illegible]~~ et léger, des bois qui s'égouttent, l'imprégnation sournoise que sous le ciel mouillé ~~[illegible]~~, dans le vent humide, ~~dans~~ le silence [illegible] frôlant et [illegible] refermé de la ~~campagne~~ [illegible]

L'imprégnation ~~[illegible]~~ [illegible] qui était la ~~qualité~~ particulière du lieu devenait sensiblement plus oppressante. Le soir tombait ~~ici~~ plus vite qu'ailleurs ; sous ~~ces bois~~ ~~sans oiseaux~~ l'égouttement de ces bois sans oiseaux, ~~[illegible]~~ légers et distincts — ces grouments de branches, ~~[illegible]~~ du vent dans un pin isolé — éteignaient les bruits insignifiants de la campagne — au long d'une ~~[illegible]~~ ~~plaine~~ dans la brume pluvieuse, en son chant une dans une ombre portée — la route ~~[illegible]~~ et entière, fenêtre et écartée, n'était qu'une mince allée entre la lisière des bois. ~~[illegible]~~ cette lisière s'allongeait sans brèche et sans fissure, et je me sentais ~~[illegible]~~ désorienté. ~~[illegible]~~ ~~[illegible]~~ ~~[illegible]~~ ~~[illegible]~~ les taillis qui me surplombaient légèrement ~~[illegible]~~ masquaient maintenant les ~~[illegible]~~ toits ~~[illegible]~~ qui s'apercevaient si bien de la voiture. ~~[illegible]~~ Après quelques allées et venues ~~[illegible]~~ l'envie me vint une minute ~~[illegible]~~ ~~[illegible]~~ équipé ~~[illegible]~~ et ~~[illegible]~~ devant cet obstacle ~~[illegible]~~ [illegible] de revenir à mon équipée, ~~[illegible]~~ mais la curiosité fut la plus forte. ~~[illegible]~~ ~~[illegible]~~ ~~[illegible]~~ je sautai le fossé plein d'eau et je m'enfonçai dans les ~~[illegible]~~ taillis.

maudissant mon retard de

dans ce clair et long

il n'était d'ailleurs

une imprégnation d'offense à l'offense

l'imprégnation étrange qui était la qualité particulière du lieu était ici plus oppressante

fantaisie et écartée

la route n'était qu'une vieille allée contre la lisière des bois.

assez n'était rien au long de la route

Je sautai le fossé plein d'eau et m'engageai dans les taillis. devant une clairière auprès de la lisière qui me gênait.

~~J'avançais à peine~~ ~~Je n'étais~~ J'avais à peine fait quelques pas, quand dans l'intérieur du fourré, à trois ou quatre cents mètres, j'entendis claquer deux coups de feu.

Je ne m'en alarmai pas [illegible]. La promenade de ce dimanche devenait de ~~plus en plus~~ moins en moins engageante. [illegible] Il n'y avait rien d'étrange à ce que quelqu'un chassât dans ces bois [illegible] giboyeux. ~~la chasse dans ce temps d'occupation était toutefois strictement interdite, et les armes confisquées — mais les Allemands~~ Mais la chasse dans ce temps d'occupation était strictement interdite, et les armes confisquées — et si un groupe d'officiers allemands ~~avait~~ venus de A avait décidé de battre le bois, ~~il était étrange que~~ j'aperçois quelques voitures qui les avaient amenés stationner le long de la route. Et quant à des coups de feu tirés dans [illegible] rien qui me surprît, par la [illegible] expérience que j'avais eue pendant la guerre de ma première prise de contact. Ils me rappelaient fort bien comment, tombés à l'improviste au milieu d'un concert de coups de feu qui partaient de derrière les buissons sans qu'on sût à qui ils s'adressaient, ni ce que nous cherchions, ni [illegible] de façon trop voyante, nous avions [illegible] quelques minutes avec les flaques bleues et les petits ~~nuages~~ [illegible] d'un briquet qui fait trouette [illegible] aussi, ~~que~~ à l'écart [illegible] qu'on peut l'être [illegible] à un bref [illegible] ~~coup de feu [illegible]~~ j'avais eu dans la situation étonnante, et en même temps intérieurement précis que le bois était d'une manière ou d'une autre occupé. Rien ne bougeait cependant tout autour de moi dans ces taillis gorgés d'eau. ~~[illegible]~~ le sol bosselé de souches, tapissé de ronces, rendait la marche malaisée; je trébuchais çà et là dans des flaques spongieuses. ~~[illegible]~~ Il était ce qu'on appelle un ~~plaisir~~ qu'il était au [illegible] si mal venue donnait une impression de vétusté et de sauvagerie: impossible d'imaginer taillis plus noyé, plus fermé, plus noirci pour un barrage: on eût dit une réserve ~~perdue~~ sauvegardée pour la ~~[illegible]~~ flore des taillis [illegible] et les aires des bêtes nocturnes. A demeure ~~[illegible]~~ j'avais le sentiment d'être déjà très loin de la route. ~~[illegible] qui faisaient des nuages rapides à l'éclat aux pointes des branches nues~~ Je ne m'inquiétai guère de me perdre, car la profondeur du bois, vue de la route, paraissait médiocre, et je m'orientais ~~[illegible]~~ en jetant un coup d'œil de temps à autre sur le ciel gris où glissaient des nuages rapides, ~~qui à l'éclat aux pointes des branches nues~~ — mais retrouver la maison dans ce labyrinthe de ronces devenait ~~[illegible]~~ plus hasardeux de minute en minute. ~~[illegible]~~ Je m'arrêtais. ~~[illegible]~~ agacé ~~[illegible] de branches cassées~~. Dès que je m'arrêtais pour [illegible], un moment, je trouvais écoutant, le bruit de branches cassées que je n'entendais plus après moi et quelquefois le sifflement ~~[illegible] de l'oreille~~ croisant du vent dans les branches courtes qui ~~[illegible]~~ s'élevait par bourrasques lorsque la bise fraîchissait, une sorte de rafale loin.

[illegible] au moment
après tout rien de très étrange.
[illegible] j'avais entendus par un [illegible] d'un fusil de chasse, et
d'officiers
[illegible] la marche
[illegible] que le bois était occupé
[illegible] de sauvagerie
de sortie
[illegible]
noyé et
j'avais le sentiment d'être déjà très loin de la route
[illegible] bêtes nocturnes [illegible]
le vent d'ouest poussait des nuages rapides.
[illegible]
[illegible]
~~[illegible]~~
la petite [illegible] sur les bois.
[illegible]

tant de mornes beautés. les bouquets de joncs qui pointaient çà et là des brousailles sèches. Était-ce l'effet l'isolement de ces bois mal famés, était-ce l'effet de la vulgarité particulière que prenait dans ces mornes lieux au début de l'après-midi j'étais frappé ou le fait d'avoir le bruit glacé, qui était devenue très vite

la morte à travers la sous-bois gorgé d'eau - j'en étais arrivé à un degré presque risible d'agacement et de contrariation. Un mince goulet qui l'averse qui me barrait le passage me décida d'un geste brusque tout à fait ; j'm'assis sur une souche, tentai sans succès dans le vent mouillé d'allumer une cigarette et ne croisai les bras, renfrogné sous l'averse, comme une statue glaiseuse et trempée, de l'écoeurement.

D'où vient qu'à certains instants de votre vie, ces minutes de vacuité et de terreur où nous nous abandonnons au courant et nous chavirons avec nos pieds sous nous, mourant, là jusqu'à ce pouvoir de suggestion latent, que nous venons contre le pouvoir de suggestion embusqué dans les choses flotte et se dissout

la votre nature mentale pour se faire le jouet de toujours toute parcelle, sans refuge, et débarrassant en nous un sentiment confus à la fois de malaise et de liberté scandaleuse.

paralysé ... presque

sommeil ... L'état de grâce

est peut-être au prix (et il n'est de ...) de l'âme à se reconnaître un degré d'assez... que plutôt ...

vis à vis d'autres forces que celle qui la sollicite et libre de satellite

que de la devenir toute elle-même ... d'un ballet d'images et

sans savoir, la sollicitant

et l'infléchissant en masse

... d'une gravitation

d'autres, la fait passer de l'orbe au soleil.

subtile

sans transition

la soumettant à des occultations brusques, et à des éclipses totales mal calculables

satellite d'

et dans un ciel ... à l'attraction d'attractions aveugles, la fait glisser sans transition de l'orbe au soleil.

plus de motifs valables que d'ocre ... leur motivation de passage de l'orbe au soleil brusquement

Sur le fond ... de mon humeur très sombre, je bus plutôt et moins avant qu'elle ne s'était ... le lande, il se fit tout à coup une embellie. La contrariété dans le plus vif du vent très littérale qui avait été ma disposition de tout l'après-midi disparaissait. Un poids de tristesse n'était enlevé. La pluie cessait ; ... un rayon de soleil, incongru, cabalant ni échauffant, un rayon de soleil décoloré coulait à travers les branches.

la contagion de tristesse et agacée

d'agacement et de contrariation

était

revenu de tout

et que des moments où

privilégiés

une embellie dans le plus vif du vent. ... (pi...)

nouveau

d'exploration

... de malaise et de liberté

revenant à une sorte de ... ce qu'il ...

... à des ... de ... tâches

de débarrassant

la gravitation

... à s'arracher

de bonne foi une ... naturelle à s'arracher à gravitation,

de faits qui il a ... un ... moelle

Alors le plus vif du vent une embellie.

qui la contrariait, maintenant une force.

~~sur deux notes~~

~~Un oiseau chantait, ou plutôt qui soufflait~~ de l'éclair ~~...~~ : autour de moi le murmure des bois sous l'averse ~~s'apaisait~~ se figeait dans le suspens d'une foule de théâtre ~~quand le rideau va se lever~~, et tout à coup, faisant vibrer la lumière de cuivre par l'averse, un oiseau chanta sur deux notes, ~~qui soufflait sur l'éclaircie~~ transparentes et calmes, de la voix même de l'éclaircie. ~~Quelques pas plus loin la maison soudain fut là.~~ Tout était ~~soudain~~ léger, ouvert, installé facile — un autre monde ; comme si ~~la pluie~~ le rideau de pluie eût été ~~un fondu enchaîné~~ ce fondu enchaîné ~~qui sépare~~ des films qui ~~peut~~ succède en une seconde les nuits aux forêts et les rafales aux averses. Quelques pas plus loin, la maison soudain fut là.

Je la touchai presque de la main avant de la voir, ~~tant~~ gainée ~~de branches~~ qu'elle était ~~de branches vertes~~ d'un treillissage de branches sèches jusqu'~~au~~ balcon du ~~second~~ étage, rebord des toits, ~~ses fenêtres~~ deux volets déboîtés en chicanes déjà dans les ronces, son balcon de fer tordu sombré dans le feuillage comme la passerelle d'un bateau coulé. ~~Le bois s'était refermé cependant Cependant l'impression à la réserve ainsi cependant du coup~~ Cependant, au premier coup d'œil, très oblique, que je pouvais ~~les~~ des derniers fourrés jeter sur la façade, l'impression de décrépitude ~~singulière~~ que j'avais eue en la regardant de la route s'atténuait sensiblement. Le bois, on eût dit, s'était refermé sur elle aussi brusquement que se referme une banquise. ~~Les murs, de meulière sombre étaient pourtant La maison n'était nullement~~ Ce que j'avais devant moi n'était nullement une ruine ; les murs de meulière sombre, assez soigneusement construits, apparaissaient intacts, — les fenêtres aux volets à demi déclos gardaient toutes leurs vitres ; seules les ~~peintures~~ boiseries, partout complètement délavées par les pluies, ~~...~~ témoignaient d'une incurie ~~probablement ancienne~~ que ~~ne semblait pas remonter fort loin~~ ~~datant de fort loin~~. Tout le reste du bâtiment ~~...~~ récente. ~~L'impression pourtant persistante de ...~~ Le sentiment d'accablement qui persistait pourtant et même s'approfondissait venait d'ailleurs : de l'impression à demi dissimulée d'un ~~corps vivant~~ vieillissement anormalement rapide, d'une flétrissure et d'une disgrâce ~~brutale~~ exceptionnellement ... cette façade ~~...~~ atteinte faisait songer vaguement avec ses volets ~~...~~ au retour d'une après-midi de soleil une maison endeuillée, à ces femmes ~~...~~ par une catastrophe dont les cheveux blanchissent en une nuit. Le soleil ~~...~~ qui eût ~~...~~ une ruine ne décidait pas ~~cette face~~ cette façade même ~~...~~ intacte et pourtant ~~...~~ vieillie, retirée du vivant — pareille à un visage qui se fût ~~...~~ comme un meuble. La puissante ~~...~~ animiste qui ~~...~~ la façade d'une maison au visage se dévoilait ici ~~...~~ en angoisse, et se déchirait dans une angoisse profonde.

le ressac des bois après l'averse,

goutte après goutte

brusquement ~~...~~ levé

La fenêtre de Keats ouvrant sur les murs gardés.

le bois semblait s'être refermé sur elle aussi brusquement que se referme la banquise.

Dès coup d'œil très oblig.

~~...~~ rapide.

de près. qui persistait et s'approfondissait venait d'ailleurs

flétrie fenêtre aveuglée d'un devant.

cheveux blanchissent en une nuit.

flétrissure rapide. et de disgrâce. exceptionnelle.

à ces femmes dont les cheveux blanchissent d'une façon subite en un visage

se déchirait dévoilait ici une maison

courbant encore épis des arbres — d'une sous ces — stigmates mourants
~~flétrissant~~ ~~ici~~ pris souvent les iris — stigmates
~~ramifiant~~, ici
~~plus habitable que je ne l'aurais cru~~ point de bord — le flétrissement de

A l'extrême rigueur, habitable, la maison paraissait cependant d'une indigence [illegible]. Je m'en tenais à l'esprit, tout entier en proie à un mutisme [étrange], les dernières gouttes de l'averse s'égrenant des branches, dans un silence qui n'était pas celui de l'absolue solitude. Un volet battait de temps à autre contre le mur dans le vent faible, avec un claquement léger ; parfois un gargouillis d'eau, étouffé, s'éveillait dans les dalles stagnant, l'idée d'une [illegible] et tintait en ordre de marche et d'une [illegible] malgré moi [illegible] légère, d'une porte que soudain quelqu'un va pousser. [illegible] cherchant à [illegible] de plus près cette impression diffuse et singulière d'éveil qui me [illegible], je m'aperçus que derrière l'une des fenêtres de la façade semblait s'allumer de temps à autre un reflet faible, et dansant comme si, sur l'autre face de la pièce, le rideau d'une fenêtre eût [battu] par instants dans le vent. Je me [illegible] contournai sans bruit à travers les herbes vers l'arrière de la maison. Le terrain ici montait en une pente assez rapide, dans laquelle on avait ménagé en contre-bas derrière la maison une sorte de cour minuscule et herbue, de sorte que quand j'eus gagné un nouveau poste d'observation, à l'abri de quelques arbres, je me trouvai à la hauteur des fenêtres de l'étage ; quoique plus que le toit de la maison, sensiblement.

Ce que je découvris de là avait de quoi paraître passablement singulière.

Vu de l'arrière, le négligé consternant de l'édifice s'avérait à peu près [illegible]. Une petite fenêtre qui s'ouvrait au bas d'un des avant-corps battait sur les tuiles de la cour, des jonchées d'ardoises cassées : une dalle balafrait le mur de haut en bas d'une [illegible] de couleurs sales. Seulement les fenêtres de l'étage étaient ici entr'ouvertes, et au devant de l'avant-corps de droite — estival, solaire, flambant neuf, découvert dans la lumière [illegible] de [illegible], descendait obliquement un de ces stores à mille raies d'arc-en-ciel qui paraient [illegible] le front de nos plages à la mode. L'œil se laissait [illegible] de ce balcon de Roméo sur la jungle [illegible] qui était la cour, et découvrait [illegible] le plus [illegible] des [illegible] qu'on pût voir.

Au milieu de quelques squelettes de [illegible] tordues qui bordaient la cour du côté du bois, les hautes herbes étaient foulées et couchées en tous sens, sur un espace assez grand, comme si deux corps s'y fussent étendus là et roulés à même le sol. [illegible] pas de là, il y avait une table de jardin avec sa nappe ; son couvert dressé pour deux personnes en vis-à-vis, les deux assiettes [illegible]

un horrible agencement — souvent — une fois — [illegible] long — entre un [illegible]
ici une [illegible] avait [illegible] — [illegible] était entré — [illegible] était [illegible]
peut-être toujours
dans l'accalmie de l'averse de temps à autre
alerte
cette fois
estivales, solaire, neuf — flambant neuf — [illegible] des fenêtres
et du balcon était de
la fenêtre de
le négligé de toute la bâtisse — bien grand, car
le plus
ensoleillées
toute seule

mit froissés et jetés sur le bord de la table, une corbeille d'osier avec son pain entamé, et de part et d'autre de la table, ~~à demi enfoncées dans les herbes~~ disparaissant à demi dans les herbes, deux chaises [illegible] de ~~la~~ fausse Henri II qui font encore la gloire des salons de campagne, cirées, ~~bois~~ astiquées, leurs dossiers sous l'averse ~~et~~ leur siège et leur dossier de cuir ~~repoussé~~ vernissé, de colonnes galbées sculptées.

~~A travers la nappe trempée et~~ le reflet net de la table de fer peinte ~~[illegible]~~ glissait sous le linge trempé et transluc[i]de qui collait à elle. – la vaisselle ruisselante s'égouttait sur l'herbe par les coins de la nappe.

~~[illegible]~~ La ~~[illegible]~~ suggestion d'une fois ~~encore~~ immédiate ~~toute prête~~ et toute prête était cette fois si nette que j'éprouvai un mouvement de retrait instinctif devant le rire ou discrétion. Mais je me reculai à peine, et ~~et~~, Quelque image comique que pût suggérer cette dînette apparente de dîneurs surpris par la pluie, je ne sentais même pas l'envie de sourire.

tout ne concentrait sur un faisait...

Plutôt que d'une partie de campagne entravée ~~[illegible]~~ le ~~[illegible]~~ ~~flottant vaguement~~ ~~[illegible]~~ [illegible] ~~[illegible]~~ d'une ~~[illegible]~~ ~~dans la réalité des~~ saisons trouble local dans la signification du déroulement des ... de caractère assez grave.

~~[illegible]~~ d'une ~~[illegible]~~ ... révélait en quelque sorte quelque chose de tout à fait ~~du dehors~~ comme ... un regard une ~~[illegible]~~ indigéré – une erreur. d'un repas retenu trouble local de caractère assez grave affecté ici dans la signification du déroulement des saisons. Le couple qui s'était attablé ~~là~~ dans cette fin de ... s'était apparemment peu soucié de la pluie et du beau temps. ~~Dans la dis~~

Au milieu des ~~[illegible]~~ squelettes noirs des pissenlits tordus et des ~~[illegible]~~ herbes de terrain vague, dans l'affaissement ~~presque~~ ... de ces deux ... chaises surchargées, dans le caractère et ~~[illegible]~~ et presque ... des aliments que paraissaient avoir seuls figuré sur la table – le pain, l'eau et le vin – il y avait une suggestion d'étrangeté qui ~~dépassait~~ ~~dépassait la simple bizarrerie et se~~ proposait à l'esprit de manière presque offensive ~~à la façon d'un rébus, qui appelait une clé~~ et appelait une clé – une référence pressante à une explication ~~[illegible]~~ ~~tout les [illegible]~~ dont la ~~[illegible]~~ ~~et de [illegible]~~ que le plausible ne pouvait ... ~~[illegible]~~ excluait d'avance que le plausible ~~ne pût être~~ la pièce ... capable ... n'est pas à être.

évoquant l'idée d'un repas plus fervent que les autres ... comme pour une commémoration grave ou une ... ~~[illegible]~~ ~~[illegible]~~ ... la ~~[illegible]~~ ~~[illegible]~~ ... s'était pas ... et le plausible ... de gravité ... même

dans l'O.
cartonnées, leurs

la silhouette que sculptait la ... sur ces jupes ... bâtiments était ... d'un bure

une dînette bizarre ... de ... des aliments ...

... devant cette dînette de dîneurs surpris par la pluie ...

une dînette de dîneurs surpris par la pluie :

d'une surprise et d'une ...

... une manière ... devant ... ridicule ...

le couple ... s'était attablé ...

Dans ...

lugubres

une référence pressante l'appel ... à une explication

et ici ... à un autre ordre,

où le plausible seul ... ne pouvait déjà plus paraître entièrement satisfaisant

déj

je demeurai là, il me semble, plusieurs minutes parfaitement immobile, l'obscurité avait pris, une pluie fine et silencieuse [illegible] voyait la fin de journée déjà sombre. La [illegible] tache blanche de la nappe faisait une [illegible] au milieu de sa clairière lumineuse signifiait le froid qu'il était. Une suggestion d'abandon et de tristesse au delà des mots, au delà de tout réconfort, me serrait le cœur devant cette cène vide, cette table dressée pour la nuit d'hiver au milieu des masses brunes et des bois noirs. un pas interminable de voyage sans retour, confus et obsédant. [illegible] dispersé et cordonnée, d'adieux tragiques et lugubres.

Des hautes [illegible] commençaient à me glisser dans le cou, une à une, des gouttes glacées: et je frissonnai brusquement: [illegible] la [illegible] des soirs d'hiver montait du sol gorgé. [illegible] le rideau était retombé; la scène vide. il n'y avait plus rien à chercher ici. J'avais à peine fait deux pas hors de ma cachette que je m'immobilisai le pied suspendu. Une voix s'élevait de la maison. la voix d'une femme qui chantait.

par quelques instants [illegible]

les temps froids,

toutes [illegible] ces lieux [illegible] avaient [illegible]

Il y a plus d'une manière pour la voix humaine de [illegible] de nous tenir [illegible] la porte, sur le seuil d'un monde où tout se passe d'une autre sorte, [illegible] dont elle nous apportait [illegible] le pressentiment dans la pure vibration. Celle-ci m'est restée inconfortable entre toutes. elle était la voix la plus nue que j'aie jamais entendue. Plutôt aiguë que grave, il me semble – mais je crois alors en juger par le souvenir très indigent, car le sentiment [illegible] [illegible] pouvoir se [illegible] [illegible] pas à [l'enfermer dans] un registre.

La langue [illegible] m'était inconnue, – c'est [illegible] par une préférence tout arbitraire que, lorsque le timbre m'en revient à l'oreille, je [illegible] toujours à la langue gaélique dont le pays et le dernier génie n'enchantent et [illegible] pas tenir compte des sonorités rudes et rauques tant la voix [illegible] pour moi les rivages d'Irlande et faisait [illegible] de la fenêtre pluvieuse une fenêtre de Keats

Of perilous seas, in faery lands forlorn

[illegible] d'abandon de défaut

une voix s'élevait de la maison une voix d'une femme qui chantait

de cette cène abandonnée

[illegible] grisâtre et nue

elle est restée parmi la voix la plus nue que j'aie jamais entendue

dont elle nous apportait le pressentiment dans la pure vibration

aiguë

où le toucher [illegible], où le cœur [illegible] des choses [illegible] livré à volonté dans une [illegible] fleur.

bavardement et très

probablement

malgré tout

de telles questions [illegible] au delà de toute conjecture.

Elle chantait très en dehors de la gaieté et de la tristesse

en répandant sur toutes choses une lumière égale et jolie qui ourlait les feuillages et les verrous et avec un reflet de limpidité et un océan de calme inédit. Quand se disant

qu'il était entre toutes une voix rose, d'avant les matines

Mais la voix parlait d'autre une lumière

claire encore, En disant que c'était une voix rose,

il me semble, pour rendre l'effet de la teinte aiguë dans laquelle elle se classa sur place,

il me semble qu'il faudrait je devrais ajouter tout ce que le mot comporte d'inédit, les sourdines et de [illegible] inexprimé alacrité sensuelle : la voix était féminine aussi, — il était même singulier qu'on n'en pût douter aussi peu, ou de si légers indices — celle d'une femme dévêtue, très exactement d'une femme désœuvrée, et affairée vaguement à sa toilette. C'était ce que je croyais discerner, au volume changé de la voix qui venait de la fenêtre ouverte, comme si de temps en temps la chanteuse eût tourné le dos d'un mouvement brusque, au bruit sourd de pieds nus foulant le parquet que je croyais surprendre — à des silences figés dans une tension brusque, comme une femme qui se fige à son miroir, ou qui se maquille avec des gestes d'incertitude ! À la distance très courte où je me trouvais de la maison, plongeant presque mon regard dans la pièce aveuglée, on eût dit que cette voix plus intime que toute voix que j'eusse entendue esquissait pour moi comme une main les combinaisons infinies et capricieuses de rythmes et de lignes, d'une femme qui marche et gesticule nue, décrivant le corps s'offrir, se perdre, se cambrer, ... lyrique, et plus riche ... vainement sensuel d'être ... ressuscitée d'un corps ... déployé d'une pièce à l'autre dans un drapeau ... de tous ses gestes ... doucement ... et affolant dans sa solitude de brûlée du fond.

Je demeurai là de longues minutes en vérité, sans perdre, ne respirant plus que le souffle de cette voix ensorcelée. Quand j'essaie de m'offrir l'état sans analogue aucun que je connusse où je me trouvais tout entier plongé, il me semble que je ne pourrais mieux en rendre compte qu'en disant qu'il était l'éveil même, dans ce qu'il a de plus désirant et de plus avide, de plus absorbant à la fois et de plus mi-aventureux ... Mais cet éveil ... ne trouvait pas, ... à la manière du

drapé flottant d'un drame en toutes choses

répandant sur toutes choses une sorte de lumière égale et jolie, et ... un reflet de limpidité et un océan de calme inédit

qui ourlait les verrous

feuillages

à la fois très aiguë et ...

à la fois

très aiguë et pourtant

vingt-alliant tout ...

vingt-alliant tout ...

pareille à un filigrane ... d'écume que le vent échevèle à la crête des vagues,

et arrache

pulvérisé à la crête des vagues de tempête.

ces filigranes d'écume pulvérisés ... par le vent arraché et ... à la crête des vagues de tempête

éveil et d'alacrité sensuelle

sensuel ... toison

constamment richement sensuel.

déployé comme un drapeau.

affolant

silencieusement

plus démesuré de chacun de ses gestes maniaques

l'intimité

routine ... sensualité.

Un désir enragé aveugle de voir et de toucher

sans valeur

... paraissaient faite pour affoler.

de plus, ... à la voir

une voix faite pour affoler.

très-tisse

mettre

pas d'autre ...

sous-bâtie

des

et servait

affolant

Jamais [Souvent] j'éprouvai que dans une belle voix de théâtre, élever et déchiffrer des paysages intérieurs comme une lumière qui tout à coup s'étend pour un instant, soleil et ombre, [illegible] sans changer que ce soit à [illegible] projections à jamais fixées : la possibilité du timbre, aussi que celle d'un visage qui reconnaît et qui s'anime, [illegible] recevait d'instinct qui avant d'exprimer le texte est faite pour appeler. [illegible] — et cette voix n'appelait pas mon nom et s'unissait à mon jour, elle cherchait [illegible] des défauts [illegible] et dans le cœur ses défauts aussi complices que celui de l'épaule qui se creuse pour recevoir une tête connue.

Le pouvoir de la voix sur moi tenait beaucoup aussi au fait qu'il se déroulait subtilement à mesure sur les allées, et venues de la précieuse ambiguïté à travers les pièces vides — me liait à elle [illegible], par un immatériel *fil d'Ariane*, au point que très vite l'idée s'imposa à moi dans la terreur aiguë de tous mes sens d'un jeu [illegible] de la chasteté où [illegible] ma gloire n'était faite, comme si elle [illegible] — devinée ma présence, ou plutôt l'eût pressentie vaguement en même temps qu'elle l'appelait — à travers les arabesques fascinantes de la mélopée s'offrant puis se dérobant, [illegible] dans le manège de la plus suave et en même temps de la plus [illegible] coquetterie. [illegible] de plus en plus d'attente que jamais n'était jamais [illegible] me promenais que la [illegible] qu'il préparait y avait là qu'une femme [illegible] attentive pour se dérouler dans ce bois ombreux et perdu — et tout à coup, comme le reflet qui glisse sur une longue [illegible] [illegible] l'eau, [illegible] passait dans la voix comme un [illegible] la promesse la plus folle [illegible] la plus [illegible] irrécusable qu'une femme [illegible] par delà ces paroles dans [illegible] inflexions [illegible] qui retardait le cours de cette [illegible] [illegible] laissant le monde dans une lumière changée.

[illegible] après moi [illegible] nous semble-t-il [illegible] [illegible] exacerbé de différent et de déchiffrable [illegible] des signes que fait la [illegible] [illegible] tout autre du manège [illegible] jamais peut-être ne l'ai-je senti [illegible] pour moi [illegible] et en même temps [illegible] presque folle [illegible] qui me [illegible] devant cette fenêtre vide où une silhouette dont il ne semblait [illegible] s'encadrer.

avant d'[illegible]

qui semblait [illegible] aussi [illegible] qu'un [illegible] qui [illegible] reconnaît et qui s'anime

aussi agressivement

le long de moi :

[illegible] comme une [illegible]

au point que très vite [illegible]

s'offrait [illegible] complice.

que c'était peut être toute la place

la promesse la plus folle

la plus irréparable

[illegible] avait [illegible]

décidant comme

décidant les

et décidant

la

le débat d'[illegible]

l'attente des signes.
la lecture des signes

déchiff et de déchiffrant des signes

instantané

mariage

moi

de

je le savais de façon aussi plus sûre qu'aucune chose que j'ai

Et cependant, je le sentais, elle allait venir, ~~[illegible]~~
~~ou plutôt, ce pas mal imaginable était le passage de cette~~
~~vraie d'un autre monde à une figure matérielle si belle~~
~~qu'elle peut être~~, elle allait être là — ~~[illegible]~~ un seuil
~~était devant moi~~ où son pas allait s'imprimer et au
delà duquel l'imagination me refusait tout service.
Il me sembla que la voix ~~baissait ses ressources~~ ~~tout~~ a bais
sait sensiblement et perdait de son volume comme si
un moment encore ~~[illegible]~~ elle eût ~~contourné~~ lancé ~~un oa~~
lancé de façon ~~parfaite~~ précise une chorale, et je compris ~~[illegible]~~ que
~~la~~ la chanteuse marchait vers la fenêtre. Le silence
se fit complètement, [un silence] tendu à croire qu'il allait
se déchirer comme un métal. — qui ne tendait l'oreille

tout à coup beaucoup plus proche et presque le jour,
déjà que je ne l'imaginais, tout contre le balcon et de ma
beaucoup l'immobile, je l' — ~~au fait~~ jusqu'à ma rencontre ~~[illegible]~~ chose,
aperçus ou plutôt j'aperçus quelque chose d'elle.
Sous la ferronnerie du balcon — se penche davantage
~~dépassait la pointe de~~ ~~comme n'étant~~
~~[illegible]~~ suggérant l'idée que tout le corps, masqué par la retombée
du store de toile très bas, était ~~to~~ caché entre le balcon
tendu dans ~~la~~ ~~attitude~~ posture même de l'~~attention~~ extrême
attention, dépassait la pointe du dernier pied nu. Il y
eut encore un moment de ~~silence~~, parfait silence, ~~[illegible]~~.
puis ~~[illegible]~~, ~~[illegible]~~, ~~[illegible]~~ je contemplais ingénuement, aussi
clandestine que ~~les~~ celui d'une lettre secrète qui glisse sous une
porte, quelque chose déposé sous le balcon le bas ~~du store~~.
ruisselant du store : ~~la cascade~~ ~~une longue~~ chevelure
~~blonde qui pendait~~ d'~~une chevelure défaite de femme~~.

et plus nu, encore que les pieds nus,
et flamboyante
~~la~~ la masse indécise ~~[illegible]~~, vertigineuse déjà, comme un drapeau
d'une longue chevelure blonde, ~~la~~ ~~la~~ chevelure défaite
fabuleuse
d'une femme.

on de ma vie,

ne tenait les étages

blonde et ondée tirant sur le [illegible]

une

tout à coup, beaucoup plus proche que je ne l'imaginais, tout contre le balcon, je l'aperçus, ou plutôt, j'aperçus quelque chose d'elle.

écrit d'une lettre clandestine qui glisse sous une porte

SECOND ÉTAT DU MANUSCRIT

Une douzaine de kilomètres avant d'arriver à A..,
la route nationale, qui commence ici à descendre
doucement à travers des étendues de plateaux bas
largement ondulés vers la vallée de la M., borde
pendant une demi-heure une tache, lépreuse au
milieu du paysage bocager, une étendue de cam-
pagne remarquablement hostile et déserte. En ce temps-
là, qui était celui de l'occupation allemande,
je me rendais presque chaque semaine de V., à
A... par l'autocar fourbu, enfumé, surpeuplé qui
les reliait encore, et, debout comme je l'étais
presque toujours dans le couloir central où les
voyageurs s'imbriquaient comme harengs en caque,
il était rare que, passés les pavés cahotants
du petit bourg de G.. un [secret] mouvement de
curiosité ne me fît pas baisser la tête pour re-
garder à travers la vitre embuée, et tâcher de
surprendre à un tournant de la route le débou-
ché maintenant bien connu d'un chemin creux,
le bouquet de chênes, la borne blanche à partir
de laquelle commençait l'échappée de paysage la
plus singulièrement désolé et morne que j'aie je
crois bien vue de ma vie.

la plus répulsive et

Il me serait difficile de dire
quelle singularité apparente pouvait river chaque
fois [aussi intensément] mon regard à cette zone
inerte, pareille au coup d'ongle d'un doigt mau-
vais au travers de campagnes banales et cossues.
A tout prendre, ce n'était guère que ce qu'on
eût appelé en Poitou une <u>brande</u>; une étendue
confuse de taillis maigres de chênes et de châtai-
gniers, montant en pente douce à partir de la
route, puis, au delà d'un pli de terrain très
ouvert, se relevant vers l'horizon en une pente
plus inclinée jusqu'à une ligne de rochers de grès
blanchâtres qui finissait par crever la mince
pellicule du sol. Oui, une friche — mais c'était
bien la friche la plus rebelle à la hache, la plus
abandonnée qu'on pût voir. Au plus lointain
de mes souvenirs que je remonte, je ne la revois
jamais verdoyante. Avec ses [illegible] bruissants, à
la fois compacts et mal venus, sans chemins, sans
allées, son sol ligneux tapissé de feuilles pour-
ries, les branches tordues et gangreneuses des
chênes nains qui en barricadaient les profondeurs
contre le regard à quelques pas de la route, en toute
saison [ternie, par la grisaille crayeuse éteinte] d'une
couleur pulvérulente de terre de bruyère et de
feuille sèche, c'était vraiment une ~~[illegible]~~
misérable et maladive, une terre <u>gâte</u> dont le
regard se fût détourné comme d'une nausée,
n'eût été, à trois ou quatre cents mètres peut-
être de la route, la construction inattendue qui
apeurait ces taillis [crayeux et] nocturnes comme
l'affût [précautionneux et] tendu d'une bête
lourde au milieu de ces solitudes.

Je m'attendais certes, car, dans ce pur coin de campagne sourde et muette, elle figurait assez bien, vue de la route, une de ces villas de prétentieuse et médiocre apparence que le siècle commençant a multipliées sur les plages de second ordre. La maison, trop haute pour sa largeur, était comme écrasée entre deux avant-corps qui faisaient légèrement saillie sur la façade et s'encapuchonnaient, sous un auvent d'ardoises très saillant soutenu par des boiseries grossièrement sculptées, de deux pignons aigus pâles chacun, assez haut au dessus du toit de la façade, du trou noir d'une fenêtre ouverte. Je la revois encore sous le ciel voilé et immobile du jour d'octobre où me vint, je crois bien, l'idée que j'aurais un jour à la visiter de plus près. De la route, elle paraissait prise étroitement dans la nasse des taillis, coulée à fond dans les branchages comme une barque trop lourdement chargée. Le haut des fenêtres du ~~premier~~ l'étage et la ligne des toits émergeaient seuls, et plus nettement les deux avant-corps qui faisaient pointer leurs pignons et leurs fenêtres éveillées — et, sur la surface des taillis, assez lisse et légèrement inclinée, avec laquelle du haut du car il se trouvait de niveau, l'œil immédiatement s'arrêtait à elles, comme on glisse sur la pente d'un glacis, le regard ~~[illegible]~~ du toit de la ~~sommets~~ remonte ~~vers~~ la masse surbaissée du fort.

(en marge : la maison battait de son toit cette étendue fauve et roussâtre)

Cependant, à cette première impression d'alerte ~~[illegible]~~ qui lui venait confusément — elle, assez instinctive, d'une bête tapie dans les herbes et levant la tête juste assez pour laisser couler aux alentours un fil de regard — se mêlait aussitôt dans l'esprit une sensation aussi forte de gratis que presque ricanant et de fantaisie mesquine et triste. Tout, dans cette construction de plaisance dérisoire, signifiait l'abandon et le vieillissement rapide : la croissance sauvage des feuilles de branches qui battait de partout les murs, le délabrement des fenêtres en partie arrachées, les boiseries décapées depuis longtemps nues de peinture, décapées et blanchies par les pluies, d'une teinte d'ossements secs sous leurs couleurs sales. Lavaré, — inhabitable — ~~angulaire~~ déhanchée —, saumâtre — endormie là en plein jour comme une chauve-souris accrochée aux branches sèches, au milieu de ces bois de mauvais songe où l'on n'imaginait pas qu'un oiseau pût jamais chanter, et pourtant vaguement vivante du regard aveugle de ses deux fenêtres ~~[illegible]~~, c'était le rendez-vous d'un chasseur noir, une maison où se perdre — une retraite pour le pire veuvage.

(en marge : la qualité ~~malingre~~ ladre et fauve de tout l'appareillage)

Longtemps encore après qu'on avait cru la perdre de vue, une ondulation de terrain sur la route tanguante la ramenait, sur l'horizon des bois virant lentement au gré de la courbure de la route, – de trois quarts, puis presque de profil, ses deux pignons repliés l'un sur l'autre presque à se joindre, et sur le jour blanc se dessinait alors le filigrane presque imperceptible d'une girouette descellée – puis un ressaut de terrain ramenait le paysage confortable des campagnes cultivées, et le bruit des roues paysannes qui s'endormait toujours au passage de ces landes [désaffectées] semblait alors reprendre un ton plus haut.

Semaine après semaine, – sortant de la brume, ou frottée de la lumière plâtreuse d'un ciel blanc qu'elle semblait recuire et jaunir – l'apparition revenait s'enchâsser dans le film usé et indifférent du voyage, moins une image qu'un clin brusque de mauvais oeil, une nuée soucieuse passée sur l'âme, un appauvrissement vague et chagrin du jour – ~~un souffle d'hostilité morne et froide, toute proche, contre la vitre~~. Une après-midi de novembre, le car me déposa sur la route, une demi-heure après G. Le temps était frais et pluvieux, le jour bas. J'avais devant moi une journée creuse, et le besoin de me sentir le coeur net de l'envoûtement bizarre de ces bois sans joie.

Je me sentais de médiocre humeur. J'avais pensé – les cars se croisant à G. à une heure à peu près d'intervalle – profiter de ce battement assez bref pour un simple coup d'oeil à la bâtisse, mais je n'avais pas assez compté avec le matériel sommaire de cette époque de hasardeux voyages. Une panne de moteur avait immobilisé le car, exigé un transbordement sur une voiture de secours – bref, j'étais en retard de trois heures, et pas très éloigné, dans mon dépit, d'attribuer mes ennuis à l'*aura* de ce lieu de malencontre. Le temps avait décidément tourné à la pluie, une pluie fine, serrée, persistante – le soir tombait déjà – devant moi le ruban bleu d'acier de la route où venaient déferler les fumées suspectes se déroulait à perte de vue entièrement vide sous l'averse silencieuse. Par ce temps à ne pas mettre un chien dehors, la flânerie de simple curieux que je m'étais promise prenait un peu quoi que j'en eusse les allures d'une enquête de police, et je commençai à songer, maudissant mon retard, qu'une rencontre dans ce chemin et long aux abords de la bâtisse avait de quoi me mettre décidément peu à l'aise.

Il n'était d'ailleurs plus question de revenir en arrière. ~~Un peu étourdi encore au sortir de l'atmosphère confinée de la voiture pendant que je longeais les premiers arbres, je me laissais~~ aussi pénétrer d'une ~~impression curieuse~~. A l'air libre, sous le ciel remué, dans l'odeur des feuilles et le vent humide, ~~dans~~ le silence frôlant et brusquement refermé de la campagne, l'imprégnation sournoise qui était la vertu particulière du lieu devenait sensiblement plus oppressante; le soir tombait plus vite qu'ailleurs sous l'égouttement de ces bois ^{bruns} sans oiseaux. Leurs bruits légers et distincts : craquements de branches, sifflement faible du vent dans un pin isolé, éteignaient les bruits insignifiants de la campagne - au long d'eux, dans la brume pluvieuse, on marchait comme dans une <u>ombre portée</u> : la route tout entière, feutrée et épiante, n'était plus qu'une ruelle collée contre la lisière des bois. [Cependant] cette lisière s'allongeait sans brèche et sans fissure, et je me sentais désorienté : les taillis qui ne surplombaient légèrement masquaient maintenant la pente des toits qui s'apercevaient si bien de la voiture. Après quelques allées et venues assez incertaines au long de la route, l'envie me vint une minute, devant cet obstacle absurde, de renoncer à mon équipée - mais la curiosité fut la plus forte. Contournant ma chance auprès de la borne qui marquait à peu près le centre de la lisière, je sautai le fossé plein d'eau et je m'enfonçai dans les taillis. J'avais à peine fait quelques pas que, dans l'intérieur du bois, à trois ou quatre cents mètres, j'entendis claquer deux coups de feu.

Je m'immobilisai quelques secondes, assez perplexe. La promenade décidément devenait de moment en moment moins engageante. Les ~~détonations~~ ^{coups} que j'avais entendus provenaient certainement d'un fusil de chasse, et il n'y avait après tout rien de très étrange à ce que quelqu'un ~~chassât dans~~ ^{battît} ces bois que tout indiquait giboyeux. Mais la chasse dans ce temps d'occupation était interdite - les armes confisquées - et je songeais que si un parti d'officiers allemands ^{était} venu ^{là} de A... ~~avait décidé ce jour-là de battre le bois,~~ les voitures qui l'avaient amené eussent certainement stationné le long de la route. ~~Et~~ Surtout ces détonations ~~plates~~ du courant me faisaient broncher malgré moi - pour la désagréable expérience que j'avais eue pendant la guerre d'une première <u>prise de contact</u>. Mes nerfs se rappelaient fort bien comment, tombés à l'improviste au milieu d'un carrousel de coups de feu qui partaient de derrière les buis

le souvenir me revenait - un désagréable souvenir du temps alors tout proche de la guerre - d'une première.

sens sans qu'on sût à qui ils s'adressaient,
n'osant ni perdre la face en nous couchant,
ni marcher de façon trop voyante, nous avions
cheminé un moment avec les plongeons brusques
et les petits redressements gaillards d'un bai-
gneur qui fait trempette – vraiment aussi mal
à l'aise qu'on peut l'être, – bref, j'avais sou-
dain la sensation absurde et en même temps
singulièrement vive extrêmement précise que le bois était d'une
manière ou d'une autre occupé. Rien ne bou-
geait cependant tout autour de moi dans ces
taillis gorgés d'eau. Le sol bosselé de souches,
tapissé de mousses jaunies, rendait la marche
malaisée – de sentiers, aucune trace – je trébu-
chais çà et là dans des flaques spongieuses.
Il était singulier qu'une végétation naine
et si ~~[illegible]~~ déjetée donnât pourtant une im-
pression aussi intense de vétusté et de sauva-
gerie : impossible d'imaginer maquis plus re-
clus, fourrés plus perdus pour une bauge ; on
eût dit une réserve sauvegardée pour la
gloire du hallier ~~natif~~ et les aises des bêtes
nocturnes. A cheminer ainsi non sans mal, j'
avais le sentiment d'être déjà très loin de la
route. Je ne risquais guère de me perdre, car la
profondeur des bois vue de la voiture paraissait
médiocre, et je pourrais m'orienter en jetant
un coup d'œil de temps à autre sur le ciel gris où
le vent d'ouest poussait des nuages rapides,
mais retrouver la maison dans ce labyrinthe de
ronciers devenait plus chanceux de minute
en minute. Dès que je m'arrêtais pour faire
taire cesser un moment le bruit volumineux de
branches cassées que je traînais après moi et prê-
ter l'oreille, je n'entendais plus que le siffle-
ment crissant et maussade des rafales hersées peignées
par les branches courtes qui s'élevaient par
moments, lorsque le vent fraîchissait, sur
une sorte de difficilement basse lointaine de marée haute ;
[venue des] les bouquets de pins qui se courbaient çà et là
sur les broussailles sèches. Était-ce la tris-
tesse contagieuse de ces bois mal famés – l'ef-
fet de la malignité particulière que ma mau-
vaise humeur lisait dans mes contretemps de
l'après-midi – était-ce le bain glacé qu'
était devenue très vite la marche à travers
les sous-bois gorgés d'eau – j'en étais arrivé peu
à peu à un degré presque risible d'énervement agace-
ment et de consternation. Un ruisseau gonflé
par l'averse qui me barrait le passage me dé-
couragea brusquement tout à fait : je m'assis
sur une souche, tentai sans succès dans le
vent mouillé d'allumer une cigarette, et me
croisai les bras, revenu de tout, rencogné sous
l'averse, une statue glaiseuse et trempée de
l'écœurement. morfondue

D'où vient qu'à certaines minutes privilégiées de notre vie, minutes de vacuité apparente et de tension très basse où nous nous abandonnons au courant et marchons vraiment où nos pieds nous mènent, la pauvre volonté avec qui nous menons contre l'infini pouvoir de suggestion embusqué dans les choses soudain flotte et se dissout, — rendant à une sorte de pesanteur native et aveugle ce qu'il faudrait bien appeler notre matière mentale, pour en faire la proie de tropismes [attractions et puissants] sans réplique, et déclenchant en nous un sentiment confus à la fois de sommeil du vouloir et de presque scandaleuse *liberté* ? [L'*état de grâce* en ce qu'il a de plus immédiatement *sensible* (il en est ~~de pas~~ d'à peine moins suspectes) est peut-être au prix du consentement de l'âme à se reconnaître *aussi* de bonne foi une aptitude matérielle à s'aimanter, à graviter — une dépendance vis à vis de forces qui plutôt que de la diviser contre elle-même en un théâtre élaboré d'images assez vaines la sollicitent et l'infléchissent *en masse*, la soumettent à des occultations brusques, à des éclipses totales incalculables, et dans un ciel écartelé entre des attractions aveugles, la font ~~glisser~~ "changer" sans plus de *motifs valables* [immédiats] que n'en a une lune [terne] morte de passer brusquement de l'ombre au soleil.] Sur le fond de mon humeur très sombre, bien plutôt et même avant qu'elle ensoleillât la lande, il se fit tout à coup dans le plein sens du mot une embellie. La contrariété ~~très~~ littéraire [sincère] qui avait été, je le sentais maintenant avec force, ma disposition de tout l'après-midi, [était résolue] [illegible]. [Un poids de très loin m'était enlevé!] La pluie cessait — inexplicablement réchauffant, un rayon de soleil décoloré coulant à travers les branches: autour de moi, la rumeur fourmillante des bois sous l'averse se figeait goutte après goutte dans le suspens soudain [doucement étouffant] d'une foule de théâtre, et tout à coup, faisant vibrer la lumière détrempée par l'averse, un oiseau chanta ses deux notes [transparentes et] cabrées, de la vasque même de l'éclaircie. Tout était léger, ouvert, cristallin, facile — un autre monde — comme si le rideau de pluie brusquement levé n'eût été ce *fondu enchaîné* des films qui soude en une seconde les rues aux forêts et les minutes aux années. Quelques pas plus loin, la maison soudain fut là.

Je la touchai presque de la main avant de la voir, garée qu'elle était presque jusqu'au rebord du toit d'un treillage de branches sèches, ses volets débâtés enchevêtrés déjà dans les ronces, son balcon de fer tordu sombré ~~déjà~~ dans le feuillage comme la passerelle d'un bateau coulé

inexplicablement

cependant, au premier coup d'œil très oblique que je pouvais des derniers fourrés jeter sur la façade, l'impression de décrépitude avancée que j'avais eue en la regardant de la route s'atténuait sensiblement. Le bois, on eût dit, s'était refermé sur elle aussi brusquement que se referme une banquise. Ce que j'avais devant moi n'était nullement une ruine. Les murs de moellons sombres, assez soigneusement construits, paraissaient intacts ; les fenêtres aux volets à demi descellés gardaient toutes leurs vitres — seules les boiseries, partout complètement délavées par les pluies, témoignaient d'une incurie que tout le reste du bâtiment indiquait récente. Le sentiment d'accablement qui de près persistait pourtant et même s'approfondissait dans la lumière rajeunie venait d'ailleurs : de l'impression à demi dévoilée d'un vieillissement anormalement rapide, d'une flétrissure et d'une disgrâce très exceptionnellement en avance sur l'âge : cette façade éteinte plutôt que morte faisait songer vaguement aux volets rabattus aveuglant soudain dans un après-midi de soleil une maison endeuillée et qui font détourner les yeux — à ces femmes séchées vives par une catastrophe dont les cheveux blanchissent en une nuit. Le soleil cruel qui eût apprivoisé une ruine ne déridait pas cette face murée — intacte et pourtant macabrement vieillie, — retirée du circuit — pareille à un visage qui se fût recouvert de poussière comme un meuble. Et en effet le ~~[illegible]~~ vivace ~~naïve~~ intuition analogique ~~[illegible]~~ qui lie toujours dans notre exigence profonde ~~[indissolublement]~~ la ~~maison au visage~~ façade d'une maison à un visage se dévoilait ici brusquement et se déchirait en angoisse : courbant encore après des années puissamment l'âme sous la flétrissure de ces stigmates mornes, ici pour toujours une porte s'était refermée, une lumière avait été soufflée, une pensée vivante était soudainement ~~à jamais~~ entrée en hivernage.

À l'extérieur rigoureusement habitable, la maison paraissait pourtant d'évidence abandonnée. Pourtant j'écoutais, l'esprit tout entier en proie à un suspens involontaire, les dernières gouttes de l'averse s'égrener des branches dans un silence qui n'était pas ~~ne parvenait pas~~ à rejoindre celui de l'absolue solitude. Un volet battant de temps à autre contre le mur dans le vent faible, avec un claquement léger — dans l'accalmie de l'averse parfois un gargouillis d'eau claire s'éveillait et tintait dans les dalles — évoquant malgré moi l'idée d'un ordre de marche alerté et d'une présence légère, d'une porte que soudain quelqu'un va pousser.

En cherchant à serrer de plus près cette impres- 8
sion diffuse et singulière d'éveil qui me
venait, je m'aperçus que derrière l'une des
fenêtres de la façade semblait s'allumer de
temps à autre un reflet faible et dansant,
comme si sur l'autre face de la pièce le ri-
deau d'une fenêtre eût battu par instants
dans le vent. Je me coulai sans bruit à
travers les branches vers l'arrière de la
maison. Le terrain ici montait en une pente
assez rapide, dans laquelle on avait ménagé
en contrebas derrière la maison une [~~courte de~~]
cour minuscule et herbue, de sorte que,
quand j'eus gagné au prix de quelques dé-
tours un nouveau poste d'observation a-
brité, je me trouvai, quoique presque à tou-
cher la maison, sensiblement à la hauteur
des fenêtres de l'étage. Ce que je découvrais
de là avait cette fois de quoi paraître passa-
blement singulier.

Vu de l'arrière, le négligé con-
trastant de l'édifice s'avérait à peine moindre.
Une porte fenêtre qui s'ouvrait au bas d'un des
avant-corps battait sur les hautes herbes de
la cour jonchées d'ardoises cassées; une dalle
carrée balafrait le mur de haut en bas d'
un éventail de couleurs sales. Seulement les
fenêtres de l'étage étaient ici entr'ouvertes, et
la laideur de toute la bâtisse se révoltait   se décolorant
brusquement, car au devant de la fenêtre et
du balcon étroit de l'avant-corps de droite
estival, solaire, dissonant; flambant neuf,
dérisoire dans la brume mouillée de novembre,
descendait obliquement un de ces stores à
mille raies d'arc en ciel qui pavoisent com-
me un quatorze juillet le front de mer
des plages à la mode. L'œil se laissait
glisser de ce balcon de Roméo sur la jungle
humide qu'était la cour, et découvrait là
les restes du plus intriguant des déjeuners
sur l'herbe qu'on pût voir. Au milieu
de quelques squelettes de poiriers tordus qui
bordaient la cour du côté du bois, les hautes
herbes mouillées étaient foulées et couchées en
tous sens, sur un espace assez grand, comme
si deux corps se fussent étendus là et roulés
à même le sol. Tout près de là, il y avait
une table de jardin toute servie avec sa
carafe, son couvert dressé pour deux personnes
en vis à vis, les deux serviettes négligemment
froissées et jetées sur le bord de la table,
une corbeille d'osier avec son pain entamé,
et, de part et d'autre de la table, disparais-
sant à demi dans les herbes, deux chaises de
ce faux Henri II qui fait encore dans l'Ouest
la gloire des salons de campagne, cirées, asti-

7

quées, contournées, luisantes sous l'averse de
toutes leurs galeries sculptées et de leur siège
et de leur dossier de cuir verni. Le reflet vert
de la table de fer peinte glaçait le linge trempé
~~et transparent~~ qui collait à elle — la nappe, elle
aussi collante, s'égouttait sur l'herbe par les
coins de la nappe.

La suggestion d'une présence
immédiate et toute proche était cette fois
si nette que j'éprouvai un mouvement de re-
trait instinctif devant la vive indiscrétion.
Mais je ~~ne pouvais~~ [?] à peine tant ma curiosité
[soudain ~~…~~ singulière]
était devenue la plus forte. Quelque image
[bouffonne]
comique que pût suggérer d'abord cette
dînette apparente de dîneurs surpris par la
pluie, je ne me sentais même pas l'envie de
sourire. Plutôt que d'une partie de campagne
contrariée, l'idée me traversait malgré moi
d'une urgence et d'une nécessité malaisé-
ment compréhensibles, et observées ici tout à
fait du dehors, comme quand un explora-
teur surprend les ~~déroulement~~ [rites] d'un repas
~~rituel~~ [sacrifice] indigène — ou encore d'un trouble lo-
[dans une clairière isolée]
cal de caractère assez grave apporté ~~ici~~ dans la
signification du déroulement des saisons.
Le couple qui s'était attablé dans cette fin
de novembre s'était apparemment peu sou-
cié de la pluie et du beau temps. Au mi-
lieu des squelettes noirs des pommiers tordus, et
des hautes herbes lugubres du terrain vague,
dans l'appartement [?] insolite, et aussi l'art
de ces deux cathèdres surchargées, dans le carac-
tère presque emblématique des aliments qui
paraissaient avoir seuls figuré sur la table —
le pain, l'eau et le vin — évoquant l'idée
d'un repas plus pénétrant que les autres par-
tagé comme pour une ~~rituel~~ [liturgie] intime ou une
commémoration grave, il y avait une suggestion
d'étrangeté ~~qui se répandait à l'esprit de ma-~~
~~nière presque offensive et appelait une clé,~~ [immédiate]
~~une référence primordiale à un autre ordre~~, où le
quotidien n'entrait plus en compte, où le plau-
sible même était frappé de pauvreté.

Je demeurai, il me semble, plu-
sieurs minutes parfaitement immobile. L'éclaircie
avait pris; une pluie fine et silencieuse no-
yait la fin de journée déjà sombre — la tache
blanche et élargie de la nappe fantomatique
au milieu de sa clairière de brume aiguisait
le froid grelottant. Une extraordinaire sug-
gestion d'abandon et de tristesse, au delà des
mots, au delà de tout réconfort, me serrait
le cœur devant cette cène [encore] vide, cette table servie
pour la nuit d'hiver au milieu des mousses
jaunies et des bois noirs — un pressentiment con-
fus et obsédant de voyage sans retour, d'adieu

trans et lugubre, de fraction du jour der-
nière et coin d'année. Des branches recom-
mençaient à me glisser dans le cou, une à
une, des gouttes glacées, et je frissonnai
brusquement : la brume grisâtre et morne
des soirs d'hiver sourdait du sol gorgé,
envahissait la cour : le rideau était re-
tombé ; la scène vide, toutes choses en ces
lieux irrémédiablement avaient pris fin ; il
n'y avait plus rien à chercher ici. J'avais
à peine fait deux pas hors de ma cachette
que je m'immobilisai, le pied suspendu.
Une voix s'élevait de la maison en ruine :
la voix d'une femme qui chantait.

Il y a plus d'une manière pour
la voix humaine de vous perdre — de vous
tenir en suspens, les temps froids, le souffle
coupé ! pour quelques instants l'oreille mira-
culeusement contre la porte, sur le seuil d'
un monde où tout se passe d'une autre
sorte, où le temps revient, où le seul tou-
cher rappelle, où le cours même des choses se
pure livre à volonté dans une ~~pure~~ nulle déhiscence de fleur
et dont elle vous apporterait le pressentiment
dans la pure vibration. Celle-ci n'est
restée incomparable entre toutes, unique ; elle était
la voix la plus nue que j'aie jamais enten-
due. Plutôt aiguë que grave, il me sem-
ble, — mais je crois alors en juger par le
souvenir très banalement et très indigne-
ment, car le sentiment comblant de son
immédiat pouvoir ne consentait pas à s'enfermer dans ~~à jour~~ un
registre délimité. La langue certainement m'
était inconnue : c'est par une préférence
tout arbitraire que lorsque le timbre m'en
revient à l'oreille, je songe toujours à la
langue gaélique dont le nom et le do-
maine géographique m'enchantent et m'
engagent à ne pas tenir compte de ses so-
norités ~~sans doute~~ probablement rudes et
rauques, tant la voix ressuscitait pour
moi les rivages de l'Irlande et faisait
malgré tout de la fenêtre pluvieuse une
~~fenêtre~~ de Keats

.. opening on foam

Of perilous seas, in faery lands forlorn.

Elle chantait très au delà de la gaieté et de
la tristesse, à la fois très ancienne et merveil-
leusement neuve, — incroyablement tôt levée,
dispensant sur toutes choses une lumière d'
avant le matin, une lumière égale et précise
qui semblait les fortifier et les nourrir
et comme un reflet de limpidité et un
océan de calme irradié. Mais la voix par-
lait d'autre chose encore. En disant que c'
était une voix nue, pour rendre compte de

la tension aiguë dans laquelle elle me clouait sur place, il me semble que je devrais mettre l'accent sur tout ce que le mot évoque très concrètement d'émoi soudain et de première alerte sensuelle : la voix était *aussi* — il était même singulier qu'on en doutât aussi peu sur d'aussi légers indices — celle d'une femme dévêtue, très exactement d'une femme désœuvrée, l'esprit encore à demi un rêveur, qui vaque sans hâte à sa toilette. C'était ce que je croyais discerner au volume soudainement changé de la voix qui venait de la fenêtre ouverte, comme si de temps à autre la chanteuse eût tourné le dos d'un mouvement brusque — au bruit sourd de pieds nus foulant le parquet que je croyais parfois surprendre — à des silences figés dans une tension brusque comme ceux d'une femme qui se coiffe à son miroir ou qui se maquille avec des gestes d'envoûteuse. A la distance très courte où je me trouvais de la maison, plongeant presque mon regard dans la pièce aveuglée, on eût dit que cette voix plus intime que toute voix que j'eusse entendue respirait pour moi et suivait complaisamment comme une main les combinaisons infinies et captivantes de rythmes et de lignes d'une femme qui marche, s'affaire, se penche, se cambre et gesticule nue, devenait le commentaire lyrique — plus richement sensuel d'être ainsi subtilement transposé — d'un corps déployé solennellement d'une pièce à l'autre comme une draperie, plus dénudé de l'intimité naïve de chacun de ses gestes, [doucement ouvert et appelant du fond de sa solitude brûlée.]

Je demeurai là de longues minutes, envoûté, suspendu, ne respirant plus que selon le souffle de cette voix ensorcelée. Quand j'essaie de me rappeler l'état sans analogue aucun que je connusse où je me trouvais tout entier plongé, il me semble que je ne pourrais mieux en rendre compte qu'en disant qu'il était l'*éveil* même dans ce qu'il a de plus désorienté et de plus avide, de plus absorbant à la fois et de plus miraculeusement naturel. Mais cet éveil ne venait pas, à la manière de l'émotion passive que donne une voix de théâtre, colorer et réchauffer des paysages intérieurs comme une lumière qui leur prêterait pour un instant un jeu de soleil et d'ombres, sans changer quoi que ce soit à leurs perspectives à jamais fixées : la personnalité du timbre, qui semblait vibrer *pour moi* aussi singulièrement aussi agressivement qu'un visage qui vous reconnaît et qui s'avance, venait faire sonner d'instinct qu'avait mené d'exprimer, la voix est faite pour appeler – et cette voix m'appelait, par mon nom et s'orientant à mon gré, descendait en moi comme une eau monte un réseau de chemins secrets, cherchait et trouvait dans le cœur un défaut aussi complice que celui de l'épaule qui se creuse pour recevoir une tête connue. Le pouvoir de la voix sur moi tenait pour beaucoup aussi au fait qu'il me dévoilait subtilement à mesure les allées et venues de la promeneuse ambiguë à travers les pièces vides, me liait à elle comme par un immatériel fil d'Ariane qui se tendait puis ~~se~~ relâchait à plaisir, au point que très vite l'idée s'imposa à moi [dans la tension aiguë de tous mes sens] d'un jeu délibéré et complice de la chanteuse où une place m'était faite, qui était peut-être toute la place, comme si elle ~~eût~~ deviné ma présence ou plutôt l'eût pressentie vaguement en même temps qu'elle l'appelait, à travers les arabesques [fascinantes ~~deux~~ était de la mélopée] s'offrant, puis se dérobant dans le manège de la plus suave et en même temps de la plus enivrante coquetterie. Tantôt, traversé d'une lueur de bon sens de la plus ~~décevante~~ dégrisante espèce, je me persuadais qu'il ne pouvait y avoir là – plus loin d'attente que jamais, à tout jamais – qu'une femme désœuvrée, chantant pour se désennuyer dans ce bois pluvieux et perdu, et tout à coup, comme le reflet qui revient et glisse sur une bague tombée dans la fontaine, passait dans la voix comme un accent la promesse la plus folle, [la plus improbable] la plus inexcusable aussi qu'une femme puisse faire passer par delà toute parole dans une seule de ces inflexions de voix qui [retardent le cœur de battre] laissent le monde après elles dans une lumière changée – décident, plus souverainement, semble-t-il, à certains moments, qu'il a ~~jamais~~ dû ~~être~~ jamais être décidé pour nous.

La faculté [exacerbée] de chiffrement et de déchiffrement instantané, vertigineux des signes, qui fait l'essence même et le caractère absorbant par dessus tout du manège érotique, jamais ~~peut~~ peut-être je ne l'ai sentie jouer pour moi avec cette sensation de la gorge serrée et de la bouche sèche, et en même temps ce sentiment d'aisance jamais en défaut et de rapidité presque folle qui me tenait cloué devant cette fenêtre vide où chaque silhouette dont il me semblait tout connaître refusait *comme à plaisir* de s'encadrer.

Et cependant, je le sentais, je le savais de science plus sûre qu'aucune chose que j'aie sue de ma vie, elle allait venir, elle allait *être là* — un seuil, me fermait le chemin où son pas allait s'imprimer et au delà duquel l'imagination me refusait tout service. Il me sembla que la voix baissait et vacillait insensiblement en perdant de son volume, comme si un moment encore elle eût couru sur son erre de façon presque machinale, et je compris que la chanteuse marchait vers la fenêtre. Le silence se fit complètement, un silence qui tendait l'oreille, et presque la peau, tendue à crever qu'il allait se déchirer comme une toile. Tout à coup, beaucoup plus proche déjà que je ne l'imaginais, si proche de moi que j'en ressentis un choc, tout contre le balcon et de nouveau immobile, je l'aperçus, ou plutôt j'aperçus quelque chose d'elle. Sous la ferronnerie du balcon, suggérant l'idée que tout le corps, masqué par la retombée du store de toile très bas, était collé contre la balustrade dans la posture même de l'extrême attention, dépassait la pointe de deux pieds nus. Il y eut encore un moment de parfait silence, puis, lentement, précautionneusement, aussi clandestine que le coin d'une lettre [billet] secrète qui glisse sous une porte, quelque *chose* dépassa du balcon sous le bord surplombant du store : plus nue encore et plus secrète que les pieds nus, la masse ondée, prodigieuse, fabuleuse, déployée comme une draperie, d'une longue chevelure blonde, la chevelure défaite d'une femme.

POSTFACE

Quatre-vingt-cinq années séparent la publication d'*Au château d'Argol* de celle de *La Maison*. Du château rêvé du primo-romancier à la maison, réelle ou fictive, dont la silhouette étrangement étirée en hauteur se hisse au-dessus des arbres, un pont est jeté à travers l'œuvre publiée.

S'il est difficile de dater *La Maison* avec certitude, il est néanmoins possible de lire, dans certains indices laissés comme à dessein par Julien Gracq dès les premières pages du manuscrit, des résonances biographiques qui balisent une période relativement précise de la vie et de l'œuvre. De novembre 1941 à juillet 1942, Gracq enseignait au Lycée, à Angers. En semaine, il logeait en ville dans l'appartement de sa sœur et rentrait tous les week-ends à Saint-Florent-le-Vieil, en bus. Il faut donc l'imaginer, chaque lundi, traversant la campagne pour se rendre au Lycée : « je me rendais presque chaque semaine de V... à A... par l'autocar fourbu », autrement dit de Varades à Angers, en passant par G..., sans doute la commune de Saint-Georges aux « pavés cahotants ». Aussi elliptique soit-elle, cette allusion autobiographique nous donne donc une date limite en amont (1941) et nous permet de situer hypothétiquement l'écriture de *La Maison* entre 1946 et 1950. Mais par son inscription dans une réalité référentielle, elle permet également de replacer le texte dans l'œuvre.

Là où *Au château d'Argol* (1938) est totalement fictionnel, inscrit dans un espace purement imaginaire, un « songe », *La Maison* semble mettre en scène, durant tout son cheminement, le passage d'une réalité à une autre, comme si l'espace biographique suggéré, pris au bord d'un endormissement, devenait lui-même le support de l'imaginaire, ouvrant comme un espace nocturne en plein jour. Si le cheminement de *La Maison* naît d'un mouvement de curiosité et de l'envie d'aller voir de près cette villa de plage aperçue au milieu de la campagne, c'est d'abord pour aborder peut-être ce que son étrangeté semble promettre comme dépaysement. Le monde frontalier devient le cœur du récit : comment, d'une silhouette qui émerge au sein de la répétition monotone des trajets, est-il possible de rejoindre, le temps d'une éclaircie, « l'infini pouvoir de suggestion embusqué dans les choses » ? Sortant de la fixité des éléments qui se réitèrent dans la configuration routinière des semaines (« le film usé » du voyage, « le débouché maintenant bien connu d'un chemin creux », les bosquets, les pavés, la campagne morne), un autre monde se dessine où tout est mouvements, transformations intérieures, variations atmosphériques, cheminements, métamorphoses, altérations des espaces, passage des motifs récurrents à l'écoute mobile des sons transitoires (« craquements de branches, sifflement faible du vent dans un pin isolé »).

Du mouvement contraint, réglé et sans surprise, allant d'un lieu à un autre, en l'occurrence « de V... à A... », un peu comme on traverse un espace du point A au point B, tous deux préfixés, naît une seconde sorte de mouvement qui, lui, s'invente à la pointe de sa progression, marche exploratoire dans laquelle la moindre perception peut devenir un indice potentiel, une piste à suivre et, donc, une modulation possible du trajet en cours. D'un mouvement à l'autre, l'écriture se transforme. Les notations réalistes du début (« à une douzaine de kilomètres de A... ») avec leur souci de précision et leur tonalité quotidienne, laissent place au déroulé progressif du cheminement pris dans l'instabilité croissante des impressions. Si bien qu'au fur et à mesure de l'avancée « à travers les sous-bois gorgés d'eau », les mentions de remémoration changent de statut, et l'on passe progressivement de la mise en scène de l'incertitude présente des souvenirs (« je crois», « je me souviens », « je la revois encore ») à la plongée dans l'action en train de se dérouler (« C'était ce que je croyais discerner »). Dans ce passage qui fait des souvenirs situés le support d'un autre type d'images prises dans l'intemporel mouvant de l'imaginaire, la maison joue bien sûr le rôle de pivot. Comme déplacée d'abord, presque hors-lieu puis emportée dans une série de fines métamorphoses qui la rendent quasiment insituable, elle ouvre, dans ses multiples transformations, tour à tour squelette, animal, apparition, visage (« de profil »), autant de possibles espaces de projections et de rencontres.

Nous retrouvons donc, dans *La Maison*, l'univers imaginaire qui est celui de tous les récits de Gracq, et sa manière spécifique de construire, autour des instants de transition, le rythme de la narration : la tension s'accumule à mesure que le récit avance dans la progression accidentée, effaçant parfois, à l'heure de lisière, la coupure nette entre impressions et projections. Ce que, contraint de laisser ses yeux vagabonder sur les bords du trajet, l'écrivain promeneur ne peut traverser, il le fait vivre, retournant, en une formule presque magique, la logique courante des espaces frontaliers : « la route tout entière feutrée et épiante, n'était plus qu'une oreille collée contre la lisière des bois. » Et, dans ce retournement, les lignes attentives de la fiction regagnent des parts sur la réalité brumeuse de ce coin de « campagne remarquablement hostile et déserte » pendant l'Occupation.

On peut se demander pourquoi le manuscrit reproduit dans cette édition, avec son titre sur la couverture, paginé avec soin, qui semble prêt à être imprimé, n'est jamais arrivé entre les mains de José Corti. Peut-être le texte a-t-il semblé trop resserré à Gracq pour envisager une publication séparée, sans qu'il trouve cependant sa place à l'intérieur d'un autre volume. Si, en 1942, la plupart des poèmes de *Liberté Grande* sont écrits, le recueil ne pouvait absorber la forme narrative de *La Maison.* Les années suivantes, Gracq se livre à une intense activité littéraire. Il achève *Un beau Ténébreux* en 1943, *André Breton* en 1946, et débute le travail sur le *Rivage des Syrtes* la même année. Ainsi, *La Maison* a certainement été éclipsé par des projets plus amples, restant dans un tiroir pour être redécouvert récemment et nous donner la chance de lire, pour la première fois, depuis l'« ombre portée » de toute l'œuvre, ce secret bien gardé.

Maël Guesdon et Marie de Quatrebarbes

TABLE

Les éditeurs remercient Bernhild Boie.

Composé par Y.-My Nguyen
Achevé d'imprimer sur les presses
de Normandie Roto à Lonrai
en janvier 2023